我所有的何其荣幸

荷些◎著

北京联合出版公司
Beijing United Publishing Co.,Ltd

图书在版编目（CIP）数据

我所有的何其荣幸 / 荷些著 . -- 北京 : 北京联合出版公司， 2022.9
ISBN 978-7-5596-6303-0

Ⅰ . ①我… Ⅱ . ①荷… Ⅲ . ①言情小说- 中国- 当代 Ⅳ . ① I247.5

中国版本图书馆 CIP 数据核字（2022）第 110151 号

我所有的何其荣幸

作　　者：荷　些
出 品 人：赵红仕
策划编辑：屈衍伟
责任编辑：申　妙
封面设计：Hi!MyBook® 嘿咪圖書 顾舒婧
出版发行：北京联合出版有限责任公司
　　　　　北京联合天畅文化传播有限公司
社　　址：北京市西城区德外大街 83 号楼 9 层
邮　　编：100088
电　　话：（010）64243832
印　　刷：北京富诚彩色印刷有限公司
开　　本：889mm×1194mm　1/32
字　　数：130 千字
印　　张：8.75
版　　次：2022 年 9 月第 1 版
印　　次：2022 年 11 月第 1 次印刷
ISBN 978-7-5596-6303-0
定　　价：52.00 元

文献分社出品

众生喧哗，
我不会
再让你
独自一人。

目录

序言

如果再见
是轻而易举的事情

村庄屋顶的雪还没有融化，冬日的暖阳已经冲破阴霾笼成了一个鸭蛋黄。萧瑟不停地掠过眼界，人在旅途，顺风顺水，总有大把闲暇思量既已存在的和尚未发生的来往。

王七，我清楚地知道我是有许多话要同你讲的，虽不必执手潸然，起码也应是郑重其事的。多少光阴我都随了惰怠的意，话积压得辽阔，像秋收后田野上七倒八歪的稻草垛。趁着此刻无悲无喜的情绪，我好歹开个头，免得再来一场大雪，将一切欢喜惆怅都掩埋住了。毕竟，来年春天还有来年春天的故事。

分开半年后的某个接近凌晨的夜，我们重逢在一处清吧，旁边一大桌年轻人喝啤酒喝得欢脱，仿佛下一刻就要跪天拜地。我们面对面地坐着，你的声音被缭绕的音乐包裹，微微弱弱地传来，我全神贯注地倾听每一个字眼，眼睛却大部分时间寄托在右前方那桌热闹的年轻人身上。

往昔恋人再见，除了三三两两地带过近日现状，其余大部分篇幅都是追忆彼此共同年月的琐碎付作笑谈，有缅怀，有咂摸，有妥协，也有洒脱。但无论各自的心境如何，表面总归通通都没离了从容。我们心平气和地述说，你喝红酒，我喝牛奶，一切都是那样波澜不惊，直到你问：“你还记得你为什么来深圳吗？”我愣了两三秒，然后脱口而出：“因为你呀。”

没错，是因为你。没有什么不好承认的，人首先要学会直面真实，才有可能在荒诞的世界里大显身手。但是你不知道，这个问题，前些天有朋友恰好问过我，而我当时找了许许多多的理由，什么“深圳早茶有我爱吃的凤爪”，什么“别的城市没有即将刷新纪录的H700塔”。我在朋友面前侃侃而谈，时而一本正经地讨论城市新旧文化融合，时而张牙舞爪地描绘日常生活里的糗事。我有心无心地找了一堆连我自己也信了的答案，却唯独没有提到你。所以当你将同样的问题抛给我，而我的回答只有四个字的时候，我竟然特别如释重负，真的，我甚至在心底暗暗嘲笑自己，当初人前那一板一眼、装腔作势的模样。

当然你也不知道，我决定来深圳的那个早上，铺天盖地都是浓郁的大雾。我随着车子的缓慢颠簸，望着窗外混沌的单一景象，是有那么一刻踌躇与胆怯的。你知道，我是比较善感的人，我不晓得等待我的即将是什么，“看大物如大雾不能大悟终将大误”，天气这般不明朗，以后的路是否也应兆如此。然后你同我说：“别担心，有我在。”我信了，毫无顾虑的，仿佛在刹那间拥有了火眼金睛，能够透彻所有雾气背后的鲜亮。人真是奇怪得很，不勇敢好像还是上一秒的事情，下一秒就已经笃定地视死如归了。最初这段心里戏其实挺微妙的，也决绝，对我是何其重要的开端呐。我言简意赅地同你讲过，但是你不太在意，都无妨的，毕竟“感同身受”是个奢侈品，我便没有在这上面跟你浓墨重彩，就稳稳地搁心底好了。后来，每每想到你说的那句话，我都特有底气，就特想撒开丫子去抢银行。反正，不要怕，有你么。

问完为什么会来深圳，你低了眉眼凝神桌面。片刻，你说:“是，是因为我，现在的你和那时候，一点也没变。”我笑道:“其实变化还挺大的，那时候的我傻不拉叽的，现在除了懂事儿，还特别知道分寸。”这可不是自夸，也是在不久前，我和一个一年多没见的朋友吃饭，人第一句话就是:“小丫头长大了。”我嬉皮笑脸地问:“哪里长大了？”人大笑后正色道:“完全不一样了，一年多以前你还是个小丫头，现在能看得出来，举手投足之间都是分寸。”我点头承认:“现在猪饲料都添加了各种营养元素，速成，速成。”

王七你看，岁月从来对每个人都是公平的，任凭你再想躲避现实的枪林弹雨，命运一个巴掌囫囵得你不得不在瞬间极速成长。时间里的我们，多少都是有变化的，只因为彼此的生活已经不在一个频道上了，我的胸前也没有贴“我已经长大啦”的字条，所以一时半会儿察觉不到很正常。当然会有遗憾，我们没有风雨同行，那些要“一辈子在一起”的壮志凌云都化作了泡影。但，都不重要了。人原本就是独立的个体，血亲之间尚有纷争离弃，同甘已是善缘，又怎能强求旁人共苦。也庆幸，这个过程到底也是有可取之处的，都过去了，接受了，就不算太差。

所以，还有什么怨言郁积呢。当你说："我永远也不会忘记你。"尽管面对面我没有松口讲一句好听的、煽情的话，但你轻描淡写的语句，我都在心里大写加粗了一个"Me too"。两个人在一起，美好总是多过蹙眉的，只不过，我们常常将悲伤放大纠结，往往忽略了那些欢颜和初衷。我也相信，每个人在爱的时候承诺的那些天长地久，都是真心的。

人常说："放下得自在。"宽慰众生"舍得舍得，有舍才有得"、"感情之事不可执念"等等。道理储备了一箩筐，其实说白了，你就是放下了又能怎样呢？得了自在之后呢？照我说，爱了就是爱了，舍不得就是舍不得，忘不了就好好记着，何必借佛，何必刻意。人生在世，谁没有几段真挚且对不上号的感情呢，分开了或者还爱着不是啥丢脸的事儿，本心永远比面子重要。曾经一起筑造的幸福，是另外一个人永远来不及参与也永远无法被眼泪抹杀的东西，它们将永远定格在记忆深处，不动声色地望着你今后的悲欢离合。我选择记得，当然我也没得选，倘若再次拥抱之后仍然是转身离去的背影。我这个怂货，我会心存感恩，然后好好生活。

啰嗦了这么多，我当然不是企图将自己塑造成一个特别深情的人，这年头，寡情薄意其实也算自我保护的一种。我只是拗不过自个儿的心，王七，讲真，离开你以后那些阴晴不一的旅途，遇到的形形色色的人，总会有一个片段让我轻轻柔柔地想起你。而那些杂七杂八的手信，各种节日礼物，我觉得好玩儿的，我想带给你的，通通买了回来。东西堆放了很多，全是心意，但都没有再送给你。

从前我觉得放弃一个人和被一个人放弃都是因为不爱了或者不够爱，我鄙夷这样那样的借口，也拒绝接受。后来我发现这个世界上其实有很多“虽然……但是……”的事情。“虽然你的幸福不是我给的，但是只要你是幸福的就可以了。”这是真实存在的假命题，也无须对质疑报以介怀之心，因此无奈是可以被接受的。情意熙熙攘攘，而纯真永远会在人们心里留下一席之地。王七，管他娘的再见是不是轻而易举的事情，总之，我很高兴看到你好。

第一章
因缘际会

杜亨得到孟晚薇的应允后，将她拉进一个财经圈的微信群，众人怂恿新人发红包，孟晚薇头一回进群，不知常日惯例，踌躇了片刻，包了一个两千块的红包分作五份发了出去。

霎时间震惊四座，甜言蜜语纷起。

孟晚薇倒是不以为意，她睥睨着一个叫陈界准的人，只见他傲慢道："哪里来的丫头在觊觎我'红包王'的位子？"

孟晚薇不喜"丫头"这个称呼，虽然含义亲昵，但要分人来唤，非熟稔之人将此名安在自己身上，总觉得好似婢女命运多舛。她暗暗思忖，并未作任何回应。

众又言笑："看来陈总要出招捍卫宝座了。"

果不其然，同等金额的红包陈界准连续甩出两个。

孟晚薇握着手机，白眼是要翻的，红包也是要抢的，诸行告成，她又一口气装了五个两千块炸群。

大家兴致高涨，你来我往，时不时地旁敲侧击打听孟晚薇的背景。

而迎战者陈界准却一反常态，他犹如一块静止的磐石，并未染指孟晚薇的红包，同时保持着缄默。

孟晚薇见势，已知凯旋，便偃旗息鼓，不再赘言。

几日后，孟晚薇收到好友申请，是陈界准。“来者不善。”她心想:“不过不足为惧。”于是点击接受。

拥有了彼此的社交圈，对方依然沉默，孟晚薇自是不语，因此除了群消息的偶尔搭言，二人并无多余的私下交流。

直到孟晚薇结束一段恋情，深夜在群里连续不断地投放高额红包发泄。

陈界准单独讯息来:“别发了，何必跟钱过不去。”

孟晚薇置之不理。

陈界准又在群里道:“以后不许抢孟晚薇的红包，今晚拿了的都还回去。”

陈界准话音落，私信红包纷来沓至，孟晚薇目不暇接。

“谁要你多管闲事？”孟晚薇不领情，没好气地回复陈界准道。

“你心情不好，我不与你争辩。”

翌日，陈界准邀约:“我到深圳了，中午要不要请我吃个饭？”

孟晚薇刚好后悔昨晚将他好心当作驴肝肺，于是订了万象城的利苑酒家，欲以茶饭赔罪。

至商场门口，二人恰巧遇见。

深圳的八月日光倾城，陈界准穿了一件黑色Moncler Polo衫，顶着一个贝克汉姆头。见孟晚薇一身素雅纯色连衣裙，再无其他装饰，便打趣道：“衣着这样朴素，可见此次饭局的次要性。”

孟晚薇笑答：“女为己悦者容，不是同男友约会，无心装扮。”

“恐怕已是前男友。”

“你回回发红包输我，现在让你嘴上赢一次。”

陈界准稀奇她未即刻针锋相对，不禁偷瞄。孟晚薇的笑意并未褪去，只是隐约藏有一丝落寞。陈界准察觉出，自惭失言，于是将话题引开：“不提红包便罢，既然提了，我表示气馁，被一个女孩子打败。”

“难道只许你发？”孟晚薇扬了扬下巴，直视陈界准，毫无怯意。

见她恢复盛气凌人的架势，陈界准便放下心来，笑而不答。

落座后，孟晚薇要了几道经典菜肴，然后将菜单递给陈界准，道：“你点你爱吃的，不必顾虑我。”

“你选的便很好，如果不够再要。”

孟晚薇同意。

此前早有耳闻，陈界准作为财富榜上的年轻人物，身边女伴犹如过江之鲫。孟晚薇盯着茶盏邪魅一笑，不肯放过面对面深挖桃色新闻的机会。

“我知道你在想什么。”陈界准见她若有所思，率先开口。

“我们之间不需要搭讪的套路。”

“从你一贯对我的态度，我便掌握了八九分，道听途说永远缺乏依据，现在我人坐在这里，可以保证知无不言。”

“被钳制的问题会很无趣，我打消了咄咄逼人的念头。”

侍者过来，将盛好的汤端给二位。

“干了这碗汤，便是接受我的歉意了。”孟晚薇捧起汤碗，“昨夜我在众目睽睽之下践踏你的好意，是我情绪不堪。”

“说得好像只践踏过这一回似的。”陈界准莞尔，拿碗碰孟晚薇的碗。

孟晚薇抿了一小口，略微烫。

陈界准骤然提问：“为什么分手？”

“旧事重提是折磨。”

“今晨我在上海谈一个地产项目，会后马不停蹄赶回深圳，目的就是同你吃这顿饭。”

“看来我早已被算计。”

“聚散终有时，你无须在朋友圈戚哀，前途光明。”

“这是一席安慰宴。”

陈界准被她若无其事的接茬逗乐，道：“气氛尴尬了，仿佛是我婆婆妈妈。”

“你儿时有何趣事？”孟晚薇不愿在情感话题上纠缠，于是将关注点扔回给了对方。

“小学与杜亨同班，家母一心盼望女儿，一次将我浑身作粉色装扮，下课后杜亨骑自行车载我回家，途中被他家亲戚撞见，误以为杜亨早恋，便跑去他家告状，结果杜亨被揍了一顿。”

孟晚薇忍俊不禁：“刚才我忘记录音。”

“来不及了，你错失了一个反复戏谑我的机会。”

“是杜亨拉我进的群。”

“从此开启了罪恶的红包生涯？”

二人相视而笑。

趁着去洗漱间的空隙，孟晚薇预先买了单。陈界准很是健谈，她每次掷出去的回旋镖他都可以轻而易举地接住，但这次孟晚薇主要负责聆听。

午餐接近尾声，陈界准感慨道：“我发现你的思维跳跃性很强，每次我打开谈话场景，你总是能够云淡风轻地转移到另外一个话题，并且前后之间常常毫无瓜葛。”

“女人善变。”孟晚薇道，“多谢你的配合，这次见面才得以圆满。”

“今日我自我披露太多，你十分厉害，只言片语便将我的往事经历窥了个透。”

“所以，约饭要谨慎。”孟晚薇言笑晏晏，招呼服务生将剩余的食物打包。

陈界准拿卡预备买单，孟晚薇制止道：“账单我已经付过了。”

陈界准明显一愣，道：“什么时候的事？”

“之前假装去洗漱间的时候。”孟晚薇得意洋洋道，“说好了是我请客。”

她的余光拐向陈界准收卡的动作，神色忽然又变得怅惘：“你的钱包是Bottega Veneta。”

“眼光这样犀利？”

“前男友生日，我送过他一个同款。”

陈界准暗自嗟叹，将眼神投向桌面。

餐毕，二人朝外走。

“这顿饭吃得将就吗？我事先未打听你的口味，疏忽了。”

“十分对胃，改日再约，我一定预先买单。”

孟晚薇笑应，拿打包好的食物给他：“拎着吧。”

陈界准瞠目结舌，道：“这是要让我带走的节奏？”

“对，餐中大部分时间你都在讲话，万一返回去饿了呢？”

陈界准接过食物袋，慨叹道："你今日点了我两道穴，一是我从未让女人付过账，二是我从未有打包剩菜的习惯。"

"第一，我前男友叮嘱过，跟除他之外的任何异性吃饭，均由我买单，这样不容易吃亏；第二，高处不胜寒，偶尔一次接地气的行为并不会削减绅士魅力。"孟晚薇郑重其事道，"我这样讲，你的穴位有没有解开？"

"这已经是你第三次提起前男友了，说明你真的很在乎他。"

"是吗？我并非有意。"

"无心才更显深情。"

"烈日当头，走了。"

"晚薇，回见。"

"再见。"

第二章

赴约挚友

七点零五分，孟晚薇睡眼惺忪地拉开窗帘，凌晨落过雨，阳台上补足水分的植物在慵懒的阳光下踔厉风发。冰箱还有一瓶牛奶，孟晚薇从行李箱中拿出一盒朋友送的食物手信，名字可喜，叫做“班兰莲蓉月”。中秋快到了，她咀嚼着月饼斟酌，具体是几号呢？正欲翻阅日历，又临时罢了手，算了，节日到的那天自然会有各种方式让人明了。

陈界准深夜在群里发了一个红包，数目与孟晚薇埋单的金额一致，并标注：“代替晚薇给大家的晚安包。”众人起哄，孟晚薇选择沉寂。

股票开盘前，孟晚薇已经准备就绪，财经大学毕业，在众人皆认为银行职员是最稳妥的出路时，她却不肯朝九晚五捆绑生活，便力排众议，暂且在股市里沉浮。看似风平浪静的市场，实则内里波涛汹涌，孟晚薇一脸敬畏，盯着行情走势，丝毫不敢怠慢。

股市收盘后，和冉甜约了下午茶，时间尚余，孟晚薇窝在沙发里读《一个村庄里的中国》。外头隐约传来“咚咚哐哐”装修房子的声音，她戴上耳机，肖邦的音乐响起，仿佛炎天暑月里的一杯冰酒。

今次出门前倒是没有为穿什么衣裳而靡费光阴，一件粉绿底暗花直筒裙便简单了事。街道依旧车水马龙，天似乎很用力地想要变蓝。离国庆还有些日子，路灯上便已提前悬挂好了国旗。

孟晚薇不慌不忙地开着车，长时间红绿灯的情况下会熄火，观望两侧车里的人是何种状态。有时恰逢陌生等候者同样察看的眼神，付诸一笑的便以笑回之，木然交织的便转移相视。

百无聊赖之际还是想起了温安，不知道此刻他会不会也行驶在这座城市里。分手之后，孟晚薇在行车途中总会下意识地去瞟与温安相同车型的车牌号，然而没有一次邂逅，或许，擦肩而过也未可知。

而事实上，孟晚薇从未刻意专注过温安的车牌号码。早知道要分开，在一起的时候便应该背下那些细枝末节，否则关系一旦分崩离析，所有的回忆化作一朵轻飘飘的云，风一吹，便都散得了无踪迹。孟晚薇有一瞬间的懊悔。

冉甜先到，打电话说万象城正在举办一个童话主题展览。

孟晚薇早前有去看过，但她未与冉甜深究该话题，只言简意赅道：“你先逛，我到了再联络。”注意力还是希望集中于驾驶上，毕竟我辈乃贪生怕死之徒。

兜转进了地下车库，孟晚薇径直去到VIP区域的一处车辆零星的僻静之地。此处每回来都有余位，似乎不肯轻易叫人发觉。躲过了来回绕圈停车的劳烦，孟晚薇不由得心中窃喜。

“我超厉害，刚才停车一把便倒进去了。”二人碰面后，孟晚薇笑嘻嘻地挽起冉甜的手臂。

“好样的，除了让我夸你还有什么目的？”

“说你爱我呀。”

“我爱你爱到死心塌地。”冉甜唱。

“哦，我不爱你。”孟晚薇故作冷漠。

“每次玩这招有意思吗？”

“有。”诚恳地回答。

冉甜递给她一个白眼：“如果我的眼神能杀死人，你现在已经粉身碎骨了。”

“粉身碎骨浑不怕，要留清白在人间。”

冉甜领会她一语双关的口吻，不禁心头一软，犹豫道：“温安的事，你可好？”

“无所谓好坏了，我这样粗心大意的人都能够发觉，他实在是不适合说谎。”

“或许是那个妖精死缠烂打，你要不要熟虑一番？别拱手让人，使渔翁得利。”

“我清楚眼里不容沙子是纰缪，但我现下道行浅薄，对此事尚无法容忍。”孟晚薇眼里有光在闪，“万象城永远熙熙攘攘。”

“知道是你最爱的商场。”冉甜晓她愁肠，且不作深入探讨，只道，“不必勉强，你这样好，自有福报。”

孟晚薇看着冉甜，她今天穿了一件白色雪纺衫搭牛仔短裤，扎一个精神的马尾，轻盈又养眼。

“我的小甜甜几时开始信佛了？”孟晚薇拿起手指勾她的下巴。

“你再动手动脚，我可要喊人了。”

“剧情发展至此，应当有这样的回答——你就是叫破喉咙，也不会有人来救你。”

冉甜摆出一副生无可恋的神情，抬头看商城光彩夺目的穹顶：“求此刻内心的阴影面积。”

二人一边贫嘴一边朝君悦酒店走，计划是于酒店结束下午茶，继而逛悠各类名品店，既能消食又能购物，完美。

接近目的地，孟晚薇忽地驻足道：“怎么办？我有一种小资情调即将夭亡的预感。”

“改吃什么，说。”

“一想到要冉大小姐陪我去街边吃麻辣烫，我便于心不忍。”

“这真是一个悲伤的故事。”

离开商场肆虐的冷气，车库越显闷热。

“开哪部车？”冉甜问。

“我的。”孟晚薇道，“你的兰博基尼太招人眼球。”

“我等会儿要发一条朋友圈记录，坐着Panamera吃麻辣烫。”

“保时捷已经烂大街，不足以彰显你的气质。”

“消遣我能发财吗？”冉甜作势捶她一拳。

孟晚薇及时躲开，笑答：“能当首富。”

天较出门时要蓝了些，云朵急欲低垂，聚拢在一处，拥有梦的坠落感。

停好车，二人走进一家麻辣烫店铺，门店略显促狭，但不妨碍两位密友互相交换最近的生活动态。

“你有无注意到马路两旁的红旗，看得我满腔热血，爱国之情油然而生。”

“报国惭无尺寸功。”孟晚薇道，“同志仍须努力。”

“你可能是金融界最文艺的人。”

“不敢当，最好看的人还差不多。”

冉甜掩口而笑：“八卦一个事情，陈界准近日在群里对你处处维护，你们是否有故事？”

“无过多交集，只在前日吃过一次午餐。”

“居然现在才坦白！”冉甜惊呼道。

孟晚薇对当日场景作大致描述。

“有前言便有后序，你要小心，陈界准财貌兼备，情场商界都属于‘老司机’。”

“我心中有数，倒是你，与杜亨进展如何？”

“据说他为收购的事务焦头烂额，我近来也被各类会计资料吞没，正预备进攻ACCA，暂且先放他一马。”

“等你好消息。”孟晚薇道。

第三章
往事不可追及

“我还可以爱你吗？”

孟晚薇又看了一遍手机短信，是温安发来的消息。她实在不知该作何回复，索性站在阳台看右侧楼层的生活画面。

高层的鹅黄纱帘遮住了住户落地窗的一半，穿校服的短发小姑娘今日没有练习钢琴。孟晚薇回忆，她想起小姑娘的下巴很尖，茶几上面的玻璃瓶插着一株水仙。

中层客厅保持着对外敞开的状态，屋内热闹非凡，暖黄色的灯光抹去黑夜的阴影，三三两两的人围坐在餐桌前谈笑风生。孟晚薇看到每个人都在笑，那种夸张的、肆虐的笑，好像心底有海洋在荡漾。

低一层的格局充满肃穆的色彩，一男一女窝在沙发上看电视，孟晚薇凝望他们的时间里，两张侧脸如同一帧黑白电影镜头，而男女主人始终保持着默然的状态，除非有一个人先开口。

世界总体是烦嚣的。孟晚薇拿眸眼扫荡一番，避免落下偷窥者的名头，便及时打止观望。

返回里屋，城市所有的承载体似乎都与她无关了。温安的身影渐渐在脑海深处翻涌，孟晚薇想忘，但在记忆的来势汹汹下，她的反抗无疑是螳臂当车。

数日前，孟晚薇同温安在万象城喝茶。温安比孟晚薇高一届，属学长辈。大三学期末，孟晚薇在他的毕业晚会上友情演出，此后被其热烈追求，甚至上演了一出以自杀相胁迫的深情戏码。

温安是孟晚薇的初恋。尽管她常常自我戏谑——“我从小学三年级就开始谈恋爱了”，但那仅限于互相传递小纸条的范畴。小学五年级，邻班有位“混学校”的小男孩，连续几周守在孟晚薇的教室门口，下课之后，孟晚薇朝家里走，他便不近不远地跟在后头。孟晚薇恼羞成怒，鼓起勇气朝他吼:“你再跟踪我，要你好看！”但小男孩照样我行我素，甚至还四处宣扬:“我喜欢孟晚薇，长大了我要讨她做老婆的！”话传到孟晚薇这里，她的情绪被惊惧与反感交织。一日，同班女生神秘兮兮地跑来对她耳语：“那个喜欢你的男生说今天放学后要对你Kiss！”这无疑是晴天霹雳，孟晚薇怛然失色，哭着跑进办公室向班主任告状，接下来，班主任带着邻班老师在教室外将等候的小男孩逮了个正着。从此以后，班级窗外再也没有出现过他的身影。

手机铃声响，温安瞥了一眼，没有接听的意思。孟晚薇把玩着茶盅，随口道："为何不接？"

"工作电话。"温安道。

"你接便是，我不出声打扰。"

温安不语，挂断了电话。

"奇怪，以往工作电话你都不避讳我的，今日这样反常，莫非是哪个妖精找上门来？"孟晚薇玩笑道。

温安端起茶杯，望向窗外，连啜了几口，道："不问了，没什么要紧。"

"讲这句话的时候为什么不看着我的眼睛？"

"嗨，不过是朋友欲借钱。"温安没辙，硬生生地迎面与孟晚薇对视，但眼神却分明隐晦闪烁。

"这样不是更应该接电话吗？要借，便得约定还钱细节；不借，也要将因故说清楚。直接摁掉电话，逃避又显得不礼貌。"孟晚薇单刀直入。

温安寡言，电话铃又开始不合时宜地作响。

孟晚薇好奇瞩目，温安无奈，点击接通，慌乱中，误将免提打开。

"喂，你在哪儿？"霎时间，孟晚薇听到一个嗲声嗲气的女声，是她无论如何也学不来的。

电话那头仍在娇滴滴地问："答应今天给我买包呢？"

温安脸色陡变，急遽恢复私密音筒，道："你说什么？

我没钱，以后不要再来电话。”

单方面结束通话，温安轻声同孟晚薇解释：“那天我喝多了，只是逢场作戏……”

孟晚薇的心像被锁上了千斤巨石，沉沉地坠进无边无际的深渊。她冷笑道：“君子一诺千金，事先既然允诺于人，那么便要兑现，否则只会让人轻视。”

温安压低声音道：“你听我说。”

“何必要买？包就是了！”孟晚薇话里有话，起身离座。温安知她要走，向前拉住她的手腕。

“放手。”孟晚薇的眼神冷傲且犀利，她异常镇静，吐出不容置喙的两个字。

温安自知理亏，只好作罢，目送她渐行渐远的背影。

回到家，孟晚薇没有开灯，时间一秒比一秒沉闷，就连平日殷勤演绎辉煌的夕阳也寡淡地隐没了下去。

四周安静得出奇，屋内的走廊空旷，与空气对峙了几分钟，有对流的风经过。孟晚薇嗤笑，心痛的感觉并没有想象中强烈，相反，麻木是主题。而庆幸的是，微光一点一滴地消逝，黑夜将至，黑暗适合隐藏悲伤。

孟晚薇似乎听见电梯剧烈运转的声音，这让她心生慌张。她踟蹰着，是否该把屋子全部照亮。她来回踱步，拾捡长了翅膀的灰尘，用杯子掺和一杯温水，惦记着阅览了三分之二的书籍情节，以为温安会出现在猫眼之外，同她道明一切疑虑都是一场将醒的噩梦。

她照例天真，细胞中的某个自我救赎模式被迅速启动，所有的脆弱、彷徨、以及对温安的依赖，全部被丢入一个巨大的结界里头，任何武器都伤害不了它们。

这是真相大白后的第一个小时，孟晚薇不动声色，像一条鱼落在荒漠当中仍不觉难受。应当痛哭淋漓的，她开始全身颤抖，为着那些臆想又现实的种种。

也不知道过了多久，孟晚薇努力地从地板上站起。不能任由哀伤情绪的袭击，她自我暗示。阳台的铜钱草又该浇水了，被修剪得不剩一片叶子的玫瑰还是光秃秃的枝丫，柠檬保持着伸展的模样，薄荷长出了嫩绿的清凉。

孟晚薇有些疲乏，但她心知此刻无法入睡，于是望着凋落了一地的海棠出神。她甚至还有些懊悔，如若当时不打破沙锅问到底，结局或许无须如此惨烈……

突然，毫无征兆地，豆大的泪珠顺着她的脸颊滚滚落下。真实的感情不欺暗室。世界上到底有没有巫婆？她想竭力同她换取永远不会变质的爱。

第四章

词不达意

中秋节假日后，冉甜约孟晚薇喝茶。杜亨同在，她是知道的，但事先无人告知，陈界准也来了。

“晚薇，红包发得肉疼吧？多吃点甜品补补。”杜亨腾出座位给她，方向恰好与陈界准直面相对。

“三天不打，上房揭瓦。”孟晚薇白了他一眼，对冉甜道，“好好管管。”

说完，又望向陈界准：“你是从哪里冒出来的？”

“不关我的事。”冉甜连忙撇脱干系，“杜亨叫我组局，我以为只有我们三个人。”

陈界准故意针锋相对道：“最近手头新收了几名优秀青年，特来替孟总牵线搭桥，解决个人婚恋问题，也算是曲线报国。”

“没问题，只要你敢介绍，我便敢生个小

孩喊你舅舅。”孟晚薇不以为然。

“拒绝好人卡。”陈界准指向杜亨道，“你兄弟在此，他才是舅舅。”

“哎，我的大外甥。”杜亨反应迅速，捡了个嘴上便宜。

听者失笑，陈界准狠狠朝杜亨拍过去。

阴云密布的天气，从高处俯瞰深圳，钢筋铁瓦错落有致。远处的海湾灰暗深邃，在众多楼宇之间显得尤为突兀。

冉甜与孟晚薇同届，大学毕业后直接入职家族企业财务部，业务上同杜亨打了几回交道，从此便开始芳心暗许。

孟晚薇对杜亨印象良好，相较于陈界准的“飘”，孟晚薇觉得他很稳。杜亨文质彬彬，人大经济学出身，与陈界准创业共事至今，后者负责资本运作与资源整合，前者则负责运营管理。

“等会儿还有两位合伙人来，聊几句便走。”杜亨道。

“你们尽管畅言，诸位都是行业精英，我不过是混吃来的。”孟晚薇扬了扬手机，道，“并且还有几局游戏要打。”

“什么游戏？介绍给我。”陈界准探头。

孟晚薇快速捂紧手机：“你的智商不适合此类游戏。”

冉甜边吃边乐：“我不说话，我就静静地看着你们打情骂俏。”

孟晚薇颇觉羞赧，不再搭言。

冉甜继续道:“晚薇刚开始入坑王者荣耀的时候玩的是李白，结果实战中不断地被追杀，我们劝她选个相对容易操作的角色，譬如小乔、瑶妹之类的，但是她不撞南墙不回头，每次都单枪匹马地勇往直前，结果一顿操作猛如虎，一看战绩零杠五。”

“真是芝麻落在针眼里——巧极了！”杜亨道，“晚薇，界准可是全能高手，你让他带你打游戏，不出一个星期便能够傲视群雄。”

陈界准兀自心花怒放，他煞有介事地对孟晚薇道:“小姐姐，CP滴滴吗？”

孟晚薇兴致高涨:“Solo一把，高下立见。”

“甘愿奉陪。”陈界准接受挑战。

语罢，二人打开了游戏界面。孟晚薇选择的游戏角色是安琪拉，火力十足，爆发性强，而陈界准选择的却是柔弱的辅助英雄明世隐，明显不是一个重量级的较量。

“有被冒犯到。”孟晚薇一边操作一边道，“我感觉你在看不起我。”

“你可别掉以轻心，我拿他打野都没问题。”陈界准一出场，就利用明世隐的一技能牵引住了安琪拉，拉扯之间，致使后者开局便掉了百分之八十的血量。

孟晚薇赶紧躲入安全地带，几个来回之后，陈界准以二比零的战绩领先。

“男女授受不亲，你可不可以不要牵我？”眼看落败，孟晚薇开始插科打诨。

陈界准笑道：“你打开我的出装。”

孟晚薇照办，五双鞋子顿时映入眼帘，她倒吸一口凉气，啼笑皆非。

旁观者哄然大笑。

冉甜道：“陈界准你过分了啊，你这一点攻击性的装备都不出，光买五双鞋子对抗晚薇，还砍了她两回，简直是欺人太甚。”

“没有，不是你们想得那样，我是为了躲避安琪拉的攻击，五双鞋子可以让我逃跑得更快。”

接下来的单挑时间里，孟晚薇感觉对方的压迫感渐渐消退，她心知是陈界准在故意放水。最终，孟晚薇推塔成功，陈界准做戏做全套，只见他将手机往沙发上一摔，愤愤不平道：“杜亨，上线，替我雪耻。”

于是，四人一起在王者峡谷里驰骋，陈界准特意挑选了李白的角色，并道：“看好了，现场教学。”

孟晚薇选的人物是小乔，战斗开始不到六分钟，杜亨便急得在一旁直喊：“晚薇，你要记住自己是个法师啊！你这开打就把自己当成战士往前送，分分钟被秒！跟在队友后面放招，快，丢二技能吹人！哎？你怎么回城了？你还有百分之八十的血你回城干嘛？我们只剩百分之十的血还在战斗啊！完了完了，要挂了，我死不瞑目，猜不透你为什么见死不救……”

“你闭嘴。”陈界准道，“她就是站在泉水不出来，这把我也能带飞。”

“行，行，我能理解，她的血量安全警戒线和我们不是一回事……”

少时，两位衣冠楚楚的合伙人抵达，互相招呼过，几人开始对当下的经济形势与项目进展各抒己见。孟晚薇从旁聆听，缄口不语，她内心佩服冉甜，不过比自己年长一岁，但在应酬方面却侃侃而谈，如鱼得水。

约摸一个钟头后，合伙人告辞。

陈界准问：“接下来怎么安排？”

“差不多到晚饭时间，不如先用餐。”杜亨看表。

“除了吃，已无其他追求。”孟晚薇对冉甜道。

“你想吃什么？”陈界准问孟晚薇。

“偏只问她一个，我们不是人？”冉甜戏谑道。

杜亨同冉甜咨嗟：“看来大势已定，我们须自觉离开，不当陈总的绊脚石。”

“好主意。”冉甜忙不迭地点头。

“否定。”孟晚薇对二人耸眉瞪眼，“要么一起晚餐，要么我独自回家。”

“好啦，我知道一家潮州菜特别出众，我给你们引路。”冉甜打圆场。

四人离开餐位，行至大厅，一架三角钢琴映入眼帘。

孟晚薇的母亲是钢琴老师，由此打小系统学习了不少。

冉甜牵起孟晚薇往钢琴前凑：“许久不闻琴音，你来露一手。”

“不要。”孟晚薇往一旁躲闪。

“来来来。”杜亨一个箭步，将琴盖掀开，道，“让我们以热烈的掌声有请孟晚薇小姐开始演奏。”

“配合这样默契，为何不做夫妻？”孟晚薇怼道，“等会儿工作人员前来制止，你们负责。”

“去弹吧，我负责。”陈界准开口。

孟晚薇不语，落座琴凳，深呼吸之后，指尖行云流水，开始弹奏柴可夫斯基的《六月船歌》。

“愁思淡淡，恐怕心伤未愈。”杜亨站在一旁，同冉甜低声评论。

“哪壶不开提哪壶。”冉甜用胳膊肘轻撞他。

不多时，远处径直走来一位西装革履的服务生，他打断孟晚薇道：“对不起小姐，这台钢琴不允许弹奏。”

“抱歉。”孟晚薇随即起身。

“何处标注‘禁止弹奏’了？”冉甜反问道。

“实在不好意思，我们只允许专人演奏。”

“我们弹琴很专业的，你要不要给我们付费？”陈界准走到孟晚薇身边，与服务生对峙，一脸玩世不恭。

孟晚薇担心矛盾升级，将陈界准朝身后扯，又转而对服务生道:“是我一时技痒，坏了你们规矩。”

服务生讪笑，致歉离开。

“格局小气。”陈界准对杜亨道，“马上给他们区域总监打电话。”

“动不动便拿出资本家的派头欺压弱者，到底是谁小气？”孟晚薇不慌不忙道，“都一百多斤的人了，能不能成熟一点？”

众人发笑。

杜亨摇晃着手机向陈界准询问道:“电话还拨不拨？”

“不听他的。”孟晚薇一把夺过杜亨的手机，“我肚子好饿，赶紧去吃饭。”

于是，四人驱车前往潮菜馆。饭毕，杜亨就近将陈界准送回住所，车内乘客只余两位女士。

孟晚薇为避阴雨天路堵，下午出门索性打车。能有搭乘杜亨便车的机会，冉甜自然不会放过。因此，杜亨自然而然地包揽了司机一职。

孟晚薇坐在副驾驶，她习惯性晕车，特别是靠左，一定会呕吐。奇怪的是，倘若自己开车，便不会有此问题出现。

途中，车载音箱播放着久石让的交响乐，孟晚薇随旋律轻哼。车窗零星沾有雨珠，车外霓虹闪烁。

“一个好消息，一个坏消息，你要先听哪个？”杜亨趁着等红灯的间隙，侧头询问孟晚薇道。

“坏消息是你未婚先孕？好消息是我要当干妈了？”孟晚薇回望冉甜发问。

冉甜直接笑出声。

“脑路发达，有当编剧的潜质。”杜亨笑吟吟道，“先说好消息吧，在下今日已被你家小甜甜收入囊中。”

“早该如此了！”孟晚薇兴奋道，“赶紧交代过程！”

“哎呀，回头我单独同你讲。”冉甜难得羞涩。

“接下来是坏消息，界准前日问我，迄今为止有没有遇到命中注定的人。”

孟晚薇将心一沉，只觉大事不妙。

果不其然，杜亨继续道：“我未作答，倒是反问他，未料他坦言已经遇到，尽管姗姗来迟，那人便是你。”

孟晚薇默不作声。

冉甜道：“虽然背后莫论人非，但是我必须要表态，陈界准若想祸害晚薇，我第一个不答应。”

“界准过往的感情世界我不予置评，单就他提起晚薇的神态来看，恐怕这次不同寻常。”

“他盛负花心之名，我自问不是对手。”孟晚薇道。

“浪子回头金不换，我发现他在你面前已经相当克制，不敢贸然进攻，这绝非他一贯作风。”

“不过是猛兽伺机猎物的习性。”孟晚薇道，“你有何居心？准备充当说客，还是隔岸观火？”

“别误会，我决定将情报透露给你，就是希望你有未雨绸缪的时间。”

正闲谈，陈界准的短信来，关心孟晚薇是否安全抵家。

孟晚薇不予回复。至小区门外，她下车同冉甜告辞：“到家给我讯息，否则我会每隔五分钟致电给你。”

杜亨道：“不要这样残忍，五分钟不够许多事的发生。”

“那就三分钟。”

冉甜笑靥如花。

三人话别后，孟晚薇看着二人扬长而去。

洗漱完毕，孟晚薇打开手机，陈界准的讯息如约而至：“今日再见，十分欢喜，言辞不足以描述内心万一，我已六神无主，我已不是我。”

孟晚薇仍旧未理，但彻夜无眠。

第五章
夜深忽梦少年事

四年前，孟晚薇从成都出发，到北京的时候天已经黑了，但那种黑并不浓郁，倒像是穿了一件藏青色套装的职业者。从空中俯瞰，土地被规整为豆腐块状，让她迫不及待地想踏上去。地表吝惜霓虹闪烁，灯火只微晕着沉默，仿佛一不留神便会猝然消逝。

落地后，的士师傅是一位戴眼镜且发福的中年男子，特别能侃，了解孟晚薇是南方人后，无比义愤填膺道："嘿，你这姑娘咋想的，偏偏跑'霾都'了，能习惯了？咱这儿好多人想往你们南方走还来不及呢！"

孟晚薇无言，仅付之一笑。

父亲在旁边同司机答话："她从小爱唱'我爱北京天安门'，这下如愿了！"

因着对城市生分，临近学校的时候师傅还当了回导游逐一介绍："这里是大门，门前这条街好看不？这边快到北门了，快瞧，这就是你们学校的天桥！”

孟晚薇睁大眼睛打量着夜幕笼罩下的学校，心不知游离去了哪里，竟像无关己事一般。

抵达后，师傅去掉零头收了她一百九十块的车费，并预祝学习愉快。后来孟晚薇的父亲一直感慨北方人的仗义侠肠，不过她未同父亲道明的是：寒假再从学校打车去机场，只花了当初一半的费用。

人间事事不堪凭。那年九月开头还是骄阳似火，翌日一场劈头盖脸的大雨便浇灭了孟晚薇对大学的所有期盼。她着夏装来，阵阵妖风硬生生地逼着她加了两件厚外套。如此便罢了，可是大学宿舍不应该有独立的卫生间吗？孟晚薇习惯了皆大欢喜的场面，但裸露在视野里的即将生活四年的地方，竟然轻易地使她的眼泪夺眶而出。

不足为惧，却犹见可怜。目测那块“欢迎新生”的横幅，如同尴尬的血盆大口，吞噬着孟晚薇失魂落魄的心绪。

通常而言，孟晚薇较之同龄人要豁达些，可是当她真正意义上走进学校洗浴中心的时候，她却真真切切感受到了痛苦。

“这位同学，要脱光了才能进澡堂哦。”女浴的工作人员蔼然道。

孟晚薇忘了是怎样说服自己一件一件老老实实沦陷的，只记得那种不自在此生鲜有。虽然皆为同性，但完全赤诚相见却是彻头彻尾的第一次。无法与她们的目光对视，偶尔瞥见，便臆想着自己如同怪胎一般在大庭广众之下遭受千夫所指。

苍天在上，那时候的孟晚薇是多么渴望有一块哪怕劣质的帘布遮住每一格浴室啊！而就算是这样朴素的愿望，直至毕业也未能实现。

好在很快找到了逃离公共浴室的办法。学校周边不缺酒店，孟晚薇的生活费绝大多数花在了开房洗澡上面。这件事情成了学院的茶后谈资，校园情侣去酒店开房不足为奇，孟晚薇独自花销洗浴反倒觉得怪异。

冉甜是这个阶段出现的，她打听出孟晚薇的寝室门牌号，从宿舍四楼跑上五楼，找到孟晚薇道："同学你好，家母祖籍成都，以后你去酒店洗澡带我一个行不行？房费我们平摊。"

孟晚薇道："你提的要求太过突兀，我已经习惯我行我素。"

"你预备就这样毫不留情地拒绝一个美貌的老乡？"尽管吃了个闭门羹，但冉甜毫不气恼，她靠在门槛上眼巴巴地望着孟晚薇，继续道，"南方人面对北方公共澡堂的痛苦，我与你感同身受。"

孟晚薇破笑道："不过，习惯是可以更改的，成交。"

两个女生由此结缘。

成为无话不谈的闺中密友之后，孟晚薇也曾疑问："你家境殷实，为何还要与我结盟省那点子房费？”

“家父的教育理念是：财富是需要通过自己的双手来创造的。因此从小家中就立了规矩，如果我想获得零花钱，就必须通过力所能及的劳动来获取，譬如洗碗、扫地、整理房间等等。”冉甜道，“你以为我的生活费是一张拥有无限额度的黑金卡吗？当然不是。若是我向家父埋怨学校的澡堂情况，他肯定又会是一番谆谆教导：‘人生的路是你自己选的，因此你必须体验各种不同的境遇，我不能一直充当你的保护伞，只有将体验积累的智慧转化成丰满羽翼的能力，你才能够成为一个合格的社会人。’”

事物的本质即变化。随着时间的推移，大二的时候，孟晚薇居然能不计前嫌地踏进学校澡堂了；大三那年，她竟然可以在澡堂与同窗言语互动了；到了大四，孟晚薇和冉甜常常故意去到澡堂，盯着新生学妹羞涩的样子幸灾乐祸：你看我我也看你，你不看我我还是要看你。

只一点愧对母校澡堂的教育，那就是未能将搓澡巾这一神物在南方普及开来，实属人生一大憾事。

二十岁的时候，孟晚薇开始用第一套护肤品，从前但凭心性成长，并借机没皮没脸地号称此乃“清水出芙蓉”。冉甜常常借此开涮，孟晚薇嫌她聒噪。

直到有一天，冉甜神色凝重地同她讲：“晚薇，你真的该用护肤品了。”

孟晚薇摆出一副苦大仇深的样子望着她。

冉甜道：“我的意思是，美则美矣，但也需要维持保养。”

孟晚薇不以为然。

冉甜晃了晃手里的袋子：“我给你买了一套护肤品。”

孟晚薇道：“太好了，我要拿去转卖！”

冉甜哭笑不得，将手中物品一扔，抓住孟晚薇开始不依不饶地挠胳肢窝。最终，冉甜告捷。

孟晚薇对大学时代的男欢女爱持冷漠态度——分道扬镳不过是时间问题，何必为遣寂寞，假意浓情。冉甜相反，她钟情于感情的新旧交替，又是学生会里的骨干，因此交际面广，追求者众。

入学军训期间，孟晚薇也曾收到短信告白，但她极其抵触自以为是的言论，直接以“滚”字回之；后在途中遇到大胆者讨要手机号码，孟晚薇一脸诚恳：“不好意思，我没有手机。”对方嗫嚅：“同学开玩笑了，现在什么年代了，怎么会没有手机？麻烦告知可以吗？”孟晚薇故作惊讶道：“你不相信？我是西南少数民族，来往交流都用飞鸽传书的。”惹得一旁的冉甜蹲在地上捧腹大笑。

“第一面便夸夸其谈，什么情有独钟，到底是凡人轻浮，只重皮相。”

“再不及时行乐，青春便已迟暮。”冉甜头头是道。

“爱是一件郑重的事情。”

“不像我这样失恋个上百回，怎么知道什么是爱？”

“你这多情的小妖精。”孟晚薇嗔笑道，“总有一日，法海会带着降妖钵来收了你。”

关于吃。孟晚薇来北京之前没有吃过炸酱面，后来吃了；不习惯香菜，后来喜欢道道菜都放点香菜；不沾牛羊肉，后来发觉在冬日篡街整一锅涮羊肉十足享受。即便川菜依旧是她茁壮成长的保障，但不可否认，四年的饮食已经将她熏陶成了半个北方人。于是也自嘲：曾经厌恶的东西后来竟也接受了，曾经热衷的东西居然也有失去兴致的一天。孟晚薇不知是否应当返璞归真，还是人本身便为俗世的婢仆，不知不觉盲目了爱憎。

第六章
礼物

深圳足足连续落了两天的大雨，孟晚薇在房间看着手机屏幕发出绿色的微弱的光，有那么一瞬间想抓起来按下接听键，但实际上，却又一下子将手机丢得很远。

温安锲而不舍地进行电话轰炸，孟晚薇的头昏昏沉沉的，如果说它不是凭空而起，那么一定是潜意识互相抵抗的结果。

很久了，孟晚薇已经很久没有同温安说过话了。感性使她踌躇是否该放下心结，给彼此一个机会；理性则要求她将爱恨情愁通通寄于时间的消磨，毕竟回忆已成往事，往事不可追及。

孟晚薇蜷缩成一团，平稳的状态暗暗被摧毁，又不愿同旁人述说，于是独自在漩涡里沉浮、挣扎、惶惑，尔后循环反复。

大四毕业前夕，孟晚薇第一次与温安在长

安街上散步，温安小心翼翼地同她十指相扣，孟晚薇偷偷红了脸颊，庆幸有夜色作为掩护。

温安是土生土长的北京人，孟晚薇听他讲述儿时的故事，并未多说话，连笑都是浅浅的。

入夜的城市灯火阑珊，马路上川流不息，四周是匆忙行走的各色人群，雨后空气里有清晰的青草味，树是葱郁的绿。

这样的场景，像梦境一般恍惚，恍惚得让人不敢睁大眼睛，仿佛仔细看后，它便会消失不见。

“这样一直走，会到什么地方去？”孟晚薇问。

“不知道。”

“什么都不知道，中看不中用。”

温安接过话茬道：“的东西。”

北京之于孟晚薇是陌生的，四年了，她从来没有想过有一天会融入它。胡同口的大风、高朗静远的秋空、庄严绚丽的故宫，以及国宾馆的银杏大道与香山团簇的红枫，种种这般，皆留有温安成长的印迹，于是它们第一次让孟晚薇觉得亲切起来。

夜阑人静时分，温安载孟晚薇驱车至水长城。他们遇到了三颗流星划过的山顶，凌晨后月亮盘桓渐升的皎洁，湖水拍击的大坝，黎明时朝阳铺天盖地的金黄色，以及停歇在路灯上叫声凄切的鸟。二人在露天的石阶上坐到天明，孟晚薇披着温安的外套，末了，聊天的话题逐渐转至毕业去向。

“冉甜会回深圳，我已经答应和她一起前往。”孟晚薇道。

“未有留京的念头？”温安颇觉讶异。

“是。”

“执意不改初衷？”

“是。”

温安沉默片刻，道：“既然你决定好了，我想办法与你同往。”

“你不必如此。”温安在京城已经有好职位，孟晚薇不想以感情之名将彼此桎梏。

“我乐意。”温安道，“异地恋凶多吉少。”

所有的情节都真实地发生过，孟晚薇闭上眼睛，心早已在回忆中碎成很多块了。从对温安表明“拒绝大学的荒唐恋爱”开始，从看见温安每次等在宿舍楼下会脸红开始，从温安问“难道一点好感也没有么”开始，从日光凛冽的午后一起去图书馆开始，从讨论晚上吃面条还是喝粥开始，从将彼此规划进未来的蓝图里开始。而最悲哀的是，人并非不知道从一而终的道理，可是，偏偏一次又一次地换了这个“一”。孟晚薇骨子里藏匿执拗，哪怕再哀婉，也定要遵循内心的律则。

股票休市后，孟晚薇重温了一遍《千与千寻》，汤婆婆儿子的举动仍然使她生笑。孟晚薇几乎快要忘了，自己也是能够轻易被取悦的人。一部生动的电影，一顿美味的菜肴，一场绽放的焰火，一朵不羁的云彩，都足以生成快乐的因子。

晚饭前，冉甜过来，并且携带礼物。

“来就来，还带什么手信。”孟晚薇一把夺过礼物。

冉甜窃笑道：“我只是陈界准的搬运工。”

孟晚薇立即停止拆礼物的动作，顺势坐到餐椅上：“奸细当道。”

“别生气，我坦白从宽。”冉甜拉着孟晚薇的手晃悠道，“原本陈界准打听你的住址，我表示不能透露，但是，不代表杜亨会坚定立场啊！干脆，我问他有何贵干，结果便在万般无奈的情况之下自告奋勇地当了一趟邮递员。”

“哦，这样说来，我还得给你颁发奖状？”

“客气，客气，你只需要尽快拆开礼物，满足我的好奇心即可。”

“礼物我不拆，你完璧归赵。”

“你看你，都将外壳包装纸撕烂了，倒不如一窥究竟之后，我们再重新打包。”说罢，冉甜又扯下一块外壳。

孟晚薇打她的手：“你别乱动，我自己拆。”

“看样子是手表。”冉甜目不转睛地揣测。

孟晚薇打开礼盒，一块梵克雅宝的日月星辰横空出世。

“不得了，陈界准果然是土豪中的战斗机！”冉甜感慨。

孟晚薇正欲言，忽然门铃作响，她走去门口探视。

“请问是孟小姐吗？这里有一束玫瑰花需要您签收。”

“落款者是谁？”孟晚薇莫名其妙。

快递小哥查完单据，回答道：“是‘红包王先生’。”

孟晚薇叹气，转向冉甜道：“刚才是谁信誓旦旦不会透露我的地址？”

“我发誓绝对不是我！”冉甜一脸无辜地举起双手道，“一定是杜亨那个混蛋！”

签收完毕，冉甜兴致勃勃地坐在地板上，计算玫瑰朵数，然后问孟晚薇道：“告诉我，八十四朵玫瑰代表什么？”

孟晚薇蓦然会意“八月四号”是她与陈界准初次约饭的日子。

“记忆中这个数字是没有含义的。”冉甜自言自语道，“要不我问问土豪先生，究竟是几个意思？”

“你最好老实一点。”孟晚薇惟妙惟肖地做了一个自刎的手势，“我现在神思烦乱，惹我者必死无疑。”

冉甜打趣道：“好吧，估计是批发市场搞特价，他顺手捡了个便宜，来不及寻思花语。”

孟晚薇“扑哧”笑出声。

“陈界准这是对你摆明了态度，你作何打算？”

“玫瑰留下泡脚，手表你送还给始作俑者。”

“不妥，我已在陈界准面前立下军令状，你卖我个面子，改日再见他，你亲自归还，否则这种名贵之物在我手中来来回回，我会经不住诱惑据为己有的！”

孟晚薇捡起一个抱枕砸过去。

二人煮了饺子和青菜，简单吃罢，孟晚薇感觉整个人浑身发冷，额头却烫得出奇。她起身去浴缸泡澡，然后热乎乎地钻进被子，不出片刻，仍然通体冰凉。

“我可能生病了，你留下来陪我好不好？”孟晚薇虚弱地对冉甜道。

“当然，我去拿药给你。”

“你先不要走，我想告诉你一件事情，今晨温安致电给我，这大概是我头痛的诱因。”

“接通电话了吗？”

“没有，我很想释怀，但是力不从心。”

“没关系，跟着自己的心走。”

“在水长城等朝阳那日分明美好。”

“你早已通晓，生活不止远方的美好，还有眼前的苟且。”

“一切就像一场梦。”

冉甜为她掖好被角，道：“我记得那晚你给我发了条讯息，只说不回学校了，实在让人浮想联翩，害得我在宿舍担心了一宿。”

“还是你对我最好。”

“必须的啊！”

“你会永远都对我好吗？”

“你是我亲自选中的家人，我对你的情感，从来不比血缘关系少半分。”冉甜道，“我最好的青春，通通与你有关，‘永远’这两个字太虚无缥缈，但我可以保证的是，在我有生之年，我对你的好会一年胜过一年。”

第七章
情书

几日后，孟晚薇约陈界准在咖啡馆见面。

走进山间一家白墙木门的院子，石板路在柔和的灯光下树影婆娑，来客皆小声低语，不愿破坏温暖幽静的氛围，只有蛋糕和咖啡的香味放肆地交织弥漫。

陈界准已经落座了，孟晚薇看见他的时候，他正手把着咖啡杯柄对着几株风信子出神。

“陈总。”孟晚薇面对面坐下，同他打招呼。

陈界准赳笑：“不许这样叫我。”

孟晚薇不在称呼上纠缠，她从包里取出梵克雅宝，道：“物归原主。”

“晚饭吃饱了没有？要不要来块糕点？”

“你不要转移话题。”

“你才是它的主人。”

“无功不受禄。”

陈界准将礼盒推至孟晚薇的餐具旁，道：

“你也可以送我一块迪斯尼米奇户外防水手表，礼尚往来。”

“我不是你的猎物。”孟晚薇冷冷道。

陈界准按了按太阳穴，道：“你对我有很深的偏见。”

孟晚薇不置可否，问服务生要了一杯卡布奇诺。

“总之，礼物太贵重，我不能收。”

“礼物代表心意，不分贵贱，如果今天你我都不作收留，那么，便让它搁置在这张桌台上。”

孟晚薇未料到他会如此无赖，好半天才憋出一句话：“出手这样阔绰，不妨去做慈善。”

“实不相瞒，我每年都有捐款。”

孟晚薇欲要揶揄一番，却又及时忍住了。

“你可以畅所欲言。”陈界准识破她的心思，“尽管我知道会是刀锋剑影。”

孟晚薇报之以笑，并未作声，轻柔的音乐传来，是王若琳的《一生守候》。

陈界准见她听得出神，道：“夜半歌声，缠绵悱恻。”

“你们醉生梦死的生活我不懂。”孟晚薇道。

“我怀疑旁者对你灌输了我的千宗罪。”

“无人向我灌输，风月之事不胫而走。”

“我必须要为自己辩解一下。”陈界准抽出一支烟，正欲点燃，被孟晚薇制止。

他停止打火，道：“我看到这块手表的第一眼，就是想要送给你，并且我有预感，今后我会看到更多想要送给你的东西，我承认我不是绝对的好人，但我不是对每个人都这样的，你是倔强的人，我懂你，请你相信，我没有丝毫亵渎你的念头，还有，我的夜生活也很简单，不胫而走非我能掌控，以讹传讹亦然。”

“来，喝口水缓缓。”孟晚薇觉得阴阳怪气是时候终止，因此态度柔软，递水杯给他。

“你很在意我是否属于外界传闻不堪的那一类人，这说明你很在意我。”陈界准接过水杯，顺势又拿起一支烟。

孟晚薇左顾右盼，道:“你的东西掉了。”

陈界准四下张望无果，于是问道:“什么？”

“我说，你的脸掉了。”孟晚薇扯了一把自己的脸，作势朝地上甩去，“我是陈界准的脸，我不要我自己了。”

陈界准的水杯尚未从唇边移开，一口水笑喷到杯子里。

孟晚薇见状，也不禁忍俊。

“脸疼不疼？下次要揪，拿我的脸当道具。”

“能不能不抽烟？”

“能。”陈界准收起烟具。

“我中学时代喜爱王若琳，那时绝大多数同龄人对这位歌手无感，每次课间，戴着耳机在靠窗的座位上听她慵懒又酷酷的腔调，仿佛所有甜蜜沧桑的故事都在我身上百转千回。”

“思想没有枷锁的年纪，任由你天马行空。”

“你可否答应我一件事情？”

“当下除了收回礼物，皆可。”

孟晚薇暗自气结，绕了一圈题外话，原想出其不意解决手表的难题，却被陈界准敏锐洞察出意图。

“时候不早了，我们返程吧。”她气馁道。

陈界准温柔的声音好似冬月抱炉倚栏观雪落，他缓慢而迟疑地问道：“你赶时间吗？我们在附近走走好吗？”

孟晚薇盯着他的眼睛，有一丝不忍拒绝，便答应道：“可以，你拿上手表去买单，我等你。”

陈界准颔首照做。

天色已经透黑，但延绵的山峰背后依稀还蕴着一小片灰黄的光。下山的路是毫不费力气的，风自带助力，在背后张开手掌。簕杜鹃袭一身紫红色的晚礼服，借着路灯柔情的目光，私底下能意会到它们的婀娜与端庄。

已经十一月了，南国的夜晚终于肯舍得露出凉意来，酣醉在走道上的树叶被日照吸尽了水分，变得枯脆，孟晚薇成心寻了它们踩，陈界准在一旁微笑注目，二人皆有隐秘的快乐。

黑暗包裹了一切虚无，谁也没有率先打破寂静，便这样悄然地相伴踱步，倒也不觉得孤寂。

迎面遇一辆小汽车盘旋而上，或许是瞧见了行人，于是对方礼貌地关闭了远光灯。孟晚薇双手合十，点头同车主致谢。陈界准不动声色，将孟晚薇护至道路外侧，自己则绕到靠近马路一面走。细微的举动，孟晚薇尽收眼底，她在脑海里闪过偶像剧里的场景。

行至停车场，陈界准开口道：“礼物我应当亲手奉上，不该假手于人。”

“这不重要。”

“对，这不重要。重要的是，此刻我想牵你的手，但是我不敢。”陈界准闷气她的若无其事，一字一顿地道，“我想告诉你，我喜欢你，但是我不敢。”

“哦。”孟晚薇被杀了个措手不及，只好以言简意赅掩饰慌乱。

“你听清楚了吗？”

“嗯。”

“我喜欢你。”

“哦。”

“今晚见你之前，我在一个能听到火车汽笛声的地方应酬，我喝酒了，但是没有喝醉，所以我可以很清醒地思考一些事，一些情。”

“回去好好休息吧。”

陈界准叹气道：“这段对话在预料之外，我已接近词穷。”

“不要紧，我以摩羯座的冷淡回应过了。”

陈界准生笑，从钱夹取出一颗纸叠的爱心，连同梵克雅宝一起递给孟晚薇，正色道：“这里有一封信，准确来讲，是一封情书，如果你看完之后，依然决定将礼物退还，我保证尊重你的决定。”

孟晚薇不肯接纳，她坐进了驾驶位，内心翻江倒海，迫切想要冲出自我拘谨的气氛。

陈界准打开后座车门，将手中物品整齐归置在车座上，随即关好车门。

孟晚薇摇下车窗，二人沉默对视。

孟晚薇不得不承认，自己是期待书信里的内容的，她没有忘记今次见面的初衷，但计划赶不上变化，因此她妥协道:“司机来接你吗? ”

陈界准点头道:“表盒底部原本还有一张纸条，我猜你也没有看到，好好开车，到家给我讯息。”

孟晚薇当然不会直接返家，她驶到海滨公园，从后座拿过书信物件，坐在马路牙子上拆开览阅。这是她第一次见到陈界准的字，游云惊龙，笔老墨秀，一看便知是有书法功底的。

陈界准写道:

人世间总有放之四海感悟的价值观，也有着万物皆不可侵的精神自由，我已经在世间循规蹈矩，并不想给自己的精神再增添任何桎梏。爱与不爱或许只是心神的一闪念，也可以是持之以恒的挂碍，但不管怎样，终归无可逃避。在面对你的这件事情上，我实在知道“隐忍”是一种什么样的体验。不要觉得这个将近三十岁的男人有“痴病”，他当然知道是非对错，这个男人有十几年没有给女人写过情书了，他不是过得不好，也不是孤陋寡闻，他见过灯红酒绿，也经历过水深火热，他只是没遇到过一个让他甘心提笔写字的人而已。他夜不能寐，辗转反侧，他半梦半醒，他想见不敢见，他怕见了梦会醒，那样也许更好，但更可怕的却是，见了只会更加沉迷，而这正在发生……

孟晚薇的心犹如一滴雨跌进平静的湖面，层层涟漪荡漾开去。她翻出表盒，果然在最底层发现了一张纸条，上面也是陈界准的笔迹——手表说：“我自作主张来到你身边，请你原谅我！如果你不肯原谅那也没关系，反正我是你的。”

返回家中已近凌晨，孟晚薇将爱心折纸的书信又浏览了一遍，她思绪万千，她实在太需要独自沉淀一番了，但陈界准没有给她迂思回虑的机会，他发来讯息道：“你今晚一定睡不着。”并附上一张盛满烟蒂的烟碟照片。

孟晚薇抵触陈界准嗜烟的习性，快速回复道：“吸烟有害健康。”发送成功后，又觉语气关怀备至，难免使人诟病，于是补充道，“是我僭越，我收回刚才那句话。”

陈界准未及时回复，半晌，传来一段四十二秒的视频。孟晚薇看见一只手将中华烟一根一根地扔进垃圾桶里，烟盒也被捏团弃之，陈界准穿着一双白色拖鞋，行至洗漱台，大拇指和其余三指扣住一个苹果绿马口杯，小拇指掀起开关接自来水，玻璃镜内显示他穿的是白色汗衫和黑色运动长裤，但镜头看不到脸。陈界准接满水，倒进香烟七零八落的垃圾桶，最后将打火机也一并丢了进去，视频在此结束。

孟晚薇无声地重播了视频三四回，她侧耳倾听香烟溺毙的声音，水流冲击杯具的声音，打火机铿锵落地的声音，突然深呼一口气，从不明不白的情愫当中清醒。她当机立断，于杜亨处打听出陈界准的住址，然后一路疾驰，半个钟头过去，她拨通陈界准的电话，道:“我在你家门口。”

几分钟后，陈界准蓬松着头发，一脸讶异地出现，孟晚薇不等他提问，先发制人道:“书信我留下了，手表你替我保管，就这么愉快地决定了。”

第八章
天地庄周马

清晨，孟晚薇坐在阳台看海景，维多利亚港的船只来回交织，将海面划出了一条条白线。孟晚薇喜云，远山上方有连绵不断的云层，自持稳重。近处白色的云朵暗镶了灰边，懒懒散散地漂在港岛城市森林的上空，从左至右，孟晚薇的视线能够把握它们的移动。

一条宽阔的马路直扎海底，隧道的汽车川流不息。近海处又有新的楼盘动工，钢铁架时缓时急，跟随人类的指挥行动。大厦的玻璃外墙洁净明亮，反射着蓝天白云、鳞次栉比与车水马龙，自成一番景象。阳光一来一走，孟晚薇觉得有趣，什么也不用想，便这样同自然捉迷藏。

只听一架直升飞机轰鸣而过，躺在床上的冉甜睁开眼睛，眼见孟晚薇被裹在一大束阳光里，一会儿浮云遮日，她身上的光线又兀自暗了下去。

“又是晴朗的一天。”冉甜一个翻身，抓起手机将目之所及拍照留存。

“不许偷拍。”孟晚薇扭头抗议。

“听不见，听不见，收了陈界准的红包，就得给人发张美好的照片。”冉甜一边摇头一边操作手机按键，孟晚薇见势，三步并作两步，冲到床边将冉甜卷入被衾内用力压住。

“让你尝尝我的独门武功‘卷寿司’的厉害！”

冉甜措手不及，连忙大喊：“我投降！”

“手机先给我才算！”

“你不松手，我动弹不得！”

孟晚薇起身，见冉甜狼狈地钻出被窝大口喘气，不禁忍俊。

“力气真大，平常的肉没白吃。”冉甜道，“不过是同你开个玩笑，这样激动。”

“废话少说，照片删掉。”

“舍不得，我要作手机壁纸用。”

“老用我的照片当壁纸是几个意思？我晓得你喜欢我，但我跟你讲过很多次了，我和你是没有结果的，我只喜欢纯爷们儿……”

冉甜见她一本正经地打趣，笑弯了腰，道：“你这段话要是被旁人听见，绝对会质疑我的性取向。”

孟晚薇再无力假扮严肃，昂头咬着嘴唇笑。

二人尚在学校的时候，有一回暑假分别在即，孟晚薇霸道地将自己的照片设置成冉甜的手机壁纸，美其名曰使她心有挂碍。此举被冉甜取乐至今，当然，手机壁纸也惯性地都是孟晚薇的照片。

冉甜凑过来，拿手机给她："你扪心自问，我的摄影水平如何？哪怕是偷拍，技术也是一流的，你看这构图，这色彩……"

孟晚薇不等她自诩完，迅速点了几张照片删除，只余一张在相册里，道："好了，回头替我磨皮五十遍，再加几次滤镜，你就可以换新壁纸了。"

冉甜笑吟吟地接过手机道："先容我给杜亨打完早安电话再说。"

"腻歪吧你就。"孟晚薇一边撂话音一边朝洗漱间走，"我要避开这腐朽的恋爱气息。"

早餐结束，孟晚薇与冉甜元气满满，犹如两条鱼游走在琳琅满目的铜锣湾购物海洋。不过才周三，冉甜便翘班邀约孟晚薇赴港逛街，未料刚入香港界，一场雷阵雨便浇灭了出行者的热忱。二人当机立断，先住进冉父出资购买的公寓养精蓄锐，翌日再战。

"关于杜亨，你有无话讲？"从利园商场挑完首饰出门，孟晚薇忽然询问。

"你知道我中意他已久的，所以率先开口告白了。"冉甜道，"那日我在家里看《请回答1988》，忽然一下子被剧情感染，于是很冲动地打电话给他，我说：‘我做了一个明智的决定，我们拍拖吧！’杜亨当时就乐了，你猜他讲什么？”

“他答应了。”

“没有，他顿了一下回答道：‘我不吃窝边草。’”

两个人笑得前俯后仰。

“然后呢？”孟晚薇追问。

“然后我便同他分析，我这根窝边草既无害又美味，吃了延年益寿，百病不侵。”

孟晚薇笑嗔：“他难道不晓得你是朵毒蘑菇？”

“就是，我胡诌完之后，他说：‘先挂断一下，稍后再打给你。’当时我已经认为此事遭拒了，不过是方式委婉些，但不出片刻，他果然兑现，我接通电话，他道：‘告白理应是男人主动的事情，所以我现在郑重地征求你的意见，可以做我的女朋友吗？’我听完欢喜得不得了！哪里还有什么拒绝的理由！”

“当真是意料之外，但杜亨一向是诚恳的人，倒也符合他的作派。”孟晚薇见她神采奕奕的模样，衷心道，“请容许我为你献唱一首《三百六十五个祝福》！”

冉甜挽紧她的胳臂，试探性地问道：“我是天遂人愿了，那么你呢？”

“想法是有，不过仅限于工作，当初崇尚自由，不肯去办公楼按部就班，与人情世故交涉，现在手头虽然有事可做，但都是些小打小闹罢了，所以感觉生活有点零散不成章法，正在犹豫是否要步入染缸，寻一份正经工作。”孟晚薇左右而言他。

“真心话，趁早打消念头，你在职场活不到第二集。”

“一盆凉水从天而降。”

“听我的没错，光是我们部门的勾心斗角，讲出来都足够写一部小说了。”冉甜道，“我有时候看不惯，也只能睁一只眼闭一只眼，只要不将我浑扯进去，但是单凭他们拿我修炼趋炎附势的造诣，也足以讨人烦闷的了。”

“你是未来的掌门人，他们自然要巴结的。”

“如果下决心寻正事，大方向还是要自己能够做主，如此才有自由可言，譬如银行、证券所之类的岗位，你若心仪毕业便去了，何苦等到现在？”

“天地庄周马，江湖范蠡船，这是我的座右铭。”

“我记得你从前提过想开一家书店，如今这个念头还在吗？”

“你这句话倒是点醒了我。”

“所以工作的事情还需认真斟酌，不必着急，回头再问问杜亨他们有什么中肯的建议，毕竟人家久经沙场。”

“好，听你的。”

“陈界准同你联系得多吗？”

“断断续续地有，不过是日常普通的问候，哦，对了，手表我已经完璧归赵。”孟晚薇暗自踌躇，该不该将书信的事情全盘托出。

“请还原现场。”冉甜握拳扮作话筒的形状伸到孟晚薇唇边。

孟晚薇轻拍她的手，打定主意道：“有言在先，我如实相告，但是你必须控制自己的音量，不许有过激行为。”

“讲真，我感觉有大事发生，已经忍不住想要尖叫了！”

“那我只好三缄其口啦！”

“好好好，我立刻切换到哑巴模式！”

于是孟晚薇细述那日情景，冉甜听闻书信内容时，果不其然，夸张惊呼道：“天啊，他竟然这样浪漫！不光手写情书，还折成爱心形状！这要是传出去，投资界还不得炸开了锅！”

孟晚薇示意她冷静，冉甜用手捂紧嘴巴，笑意从眉梢溢了出来。

“互联网时代，手写书信很难得了，话说，我拍拖这么多回，收到的礼物包罗万象，但无一封情书。”冉甜压低了音量道，“不行，我要让杜亨也来这么一招，弥补一下我泛滥的少女心。”

“可是，我不相信世界上有一见钟情这回事，深情如若来得太快太满，都让人生疑。”

“我看你是一朝被蛇咬，十年怕井绳。”

“你现在到底跟谁一拨儿？”

“起初我的确对陈界准心存疑虑，可是能够做到这一步，总归不会是虚情假意。”冉甜道，“大家都是成年人了，都明白时间的宝贵性，你看，陈界准不仅愿意在你身上花费时间，物质方面也没有亏欠，你还想让一个男人卑微到什么程度？我明白你未从上段感情中回过血来，但是不妨尝试接纳新的事物，予他人机会也是予自己机会。”

孟晚薇若有所思，道：“我不会因为要忘掉前任而开始新的恋情，我必须是真实地爱一个人。”

第九章

家事

周末，孟晚薇飞回成都，抵达父亲的住宅后，与她年纪相仿的继母梁若婕挺着大肚子从室内踱步而出。原本与父亲约好商榷筹备书店一事，但其临时因故外出，同孕者简单打过招呼之后，孟晚薇便自行去到客房安置。

住所在十六层，从落地玻璃望出去是一大片泛着涟漪的湖，孟晚薇打开窗户，好让风全部灌进衣服。她不想踏出房门去迎合新鲜的人与事，于是靠在沙发椅上漫无目的地浏览手机。陈界准发了几条讯息，孟晚薇全无回应，心事付云的时间里，梁若婕过来问了两次要不要吃水果，答案均是客气地回绝，于是对方不再打扰。孟晚薇庆幸拥有独处的空间，但这份宁静并未持续多久，一阵小女孩的清脆笑声令它们戛然而止。

“姐，有客人来了？”一个年轻女人的声

音夹杂在纷乱的童声里。

“嗯，你姐夫的大女儿。”

“什么时候来的？”

“中午刚到。”

尚未听完余下的谈话，房门便悄无声息地被推开一道缝，一个穿着嫩黄连衣裙的小女孩探过半边身子，毫不胆怯地问：“你是谁呀？”

孟晚薇看了她一眼，并未理会。来者是她同父异母的妹妹孟晚棠，母亲离世六年了，父亲最终迈向了新生活，起初因顾及孟晚薇的感受，只将她们安置在澳洲，后来梁若婕费尽心机回国，又珠胎暗结，一切才尘埃落定。

关于父亲梅开二度之事，孟晚薇没有赞成也没有反对，她心如明镜，父亲希冀梁若婕这一胎能够为他喜添贵子。木已成舟，孟晚薇无力左右，尽管她的心事敏感，但是，只要父亲开心便好。

小女孩见她不动声色，倏地蹿到她跟前，仰面道：“姐姐，我叫晚棠。”

孟晚薇仔细打量她，胖乎乎的脸蛋，标准的樱桃小嘴，柔顺的头发被分开扎成两束。不得不承认，这是一个招人怜爱的孩子，然而不知道什么情绪在作祟，孟晚薇依旧不发一言，转身去瞧窗外明朗的景象。

小家伙开始在房间里跑来跑去，试图引起孟晚薇的注意，结果以失败收场。她不依不饶，反复地追问：“你为什么不说话呀？”有时念得急了，甚至有些吐词不清，孟晚薇感觉口水和舌头在她嘴里打架。

许多年前，自己也是这般在母亲身边长大……想到这里，眼泪顺着孟晚薇的脸颊滑落了下来，她不停地擦拭，泪水又不停地翻涌，如此循环反复，直到余光瞟见一旁蹙起眉头的孩童。

孟晚薇责怪自己不争气，在一个小女孩的面前掉泪，她再次用手背擦了一遍眼睛，然后挤出一个微笑给孟晚棠，但是这个微笑一定勉强极了，因为接下来孟晚棠一边跺脚一边着急地念叨：“姐姐假笑，姐姐哭哭。”随即，泪水从孩子的眼眶里涌出，孟晚薇连忙伸手去抱她，孟晚棠却刚好把握近距离的机会为她抹去眼泪。

稚子无辜，孟晚薇的心霎时变得柔软，二人的欢乐世界由此开场。

孟晚棠十分好动，一会拉着孟晚薇在床上蹦蹦跳跳，一会又钻进她的怀里奶声奶气地背诵唐诗。

孟晚薇教她：“郎骑竹马来，绕床弄青梅。”

孟晚棠大声念：“娘骑猪马来，闹床弄七没。”

孟晚薇忍俊不禁，从包里拿出一颗糖果纠正道：“是青——梅，不是七——没。”

孟晚棠一边咀嚼着糖果一边学她的腔调：“细七——没，不细七——没。”

孟晚薇叹了口气，往别处问：“晚棠几岁啦？”

女孩掰出三个手指举到孟晚薇面前，奶声奶气道:“姐姐自己猜!”

和孩子在一起最容易忘却时间，孟怀廷回来时天色已暗。孟晚棠听见动静，伏在孟晚薇耳边小声道:“爸爸回来了。”不等孟晚薇去会，父亲便过来敲门。

“晚棠妈妈说你今天一直呆在房间，没什么事吧?”父亲的清瘦秀气，早已定格在当初教她查阅字典的年岁，如今取而代之的是一个头发乌亮、腆着啤酒肚的商人模样。

孟晚棠朝他扑了过去。

“等了你一个下午。”孟晚薇道，“书店的预算报表已经发到你的邮箱，如无不妥，可否借款给我，股票套现之后，我按两分月息返还。”

“实在抱歉，让你等了这么久。”孟怀廷道，“亲生父女之间莫讲这些生疏的话，钱没有问题，只是我晚上还有一个应酬，准备带你一同前去，书店的事情不妨饭后再谈。”

“不了，我订了今晚的机票回家。”孟晚薇撒谎。

“这里也是你的家，好不容易回来一趟，多陪爸爸几天。”

孟晚薇不置可否，孟晚棠跑过来抱住她的腿:“姐姐不要走。”

孟怀廷仿佛笑了笑，只不过这笑很快隐了去，他道:“好了，我先去换身衣服，一会儿随我出门。”语罢便走了出去。

临行前，孟晚薇见客厅坐着一位打扮时尚的陌生女人，梁若婕同她介绍:“这是家妹梁若妤，与你同岁，目前也在深圳工作，是一名高级室内设计师。”

梁若妤皮笑肉不笑，道:“孟小姐你好，以后同在深圳，还请多多关照。”

“你好。”孟晚薇简明扼要。

梁若婕给孟怀廷归置好出门要穿的鞋子，梁若妤在一旁伺机娇嗔道:“姐夫，也带我出去见见世面嘛！”

孟晚薇只觉这种腔调似曾相识。

孟怀廷望向孟晚薇，用眼神询问她的态度。

“随便。”孟晚薇漫不经心道。

孟怀廷应允，于是司机载着三人出发。

抵达会所，梁若妤落座孟晚薇身旁，一阵浓郁的香水味道扑鼻而来。

“你这只Hermès包包好精致，一定很贵吧？”未经得同意，梁若妤便欲伸手拿孟晚薇的包。

“还行。”孟晚薇及时制止对方的无礼行为。

梁若妤作罢，撇嘴摆弄自己的物件，炫耀道:“我这只Dior是最新款，男朋友送的。”

“挺好。”

“听说你炒股盈利不少，既然我们都是自家亲戚了，有机会一定要记得分一杯羹给我呀！”

孟晚薇不胜其烦，又不好当场发作。菜品上桌后，在座宾客招呼她用餐，孟晚薇如获救兵，只一味进食，不给嘴巴搭闲话的机会。梁若妤见她态度这般冷漠，便不再自讨没趣，开始周旋于客人当中，竭力阿谀奉迎。

这顿晚餐，孟晚薇吃得辛苦。返程时已经接近凌晨，孟怀廷大醉，书店之事自然无法详谈。孟晚薇订了一间酒店客房，从孟怀廷家中离开，洗漱完毕之后，她从冰箱拿出两罐啤酒，蜷在露台的沙发上独饮。

片晌，短信铃响，又是陈界准，他道:“再不回讯息，我便要打电话给你了。”孟晚薇不假思索，直接拨通对方电话，陈界准的声音响起，她心里一酸，顿时生出哽咽来。

“宝宝，你在哪里?”陈界准听出不妥，脱口而出道。

“我不是你的宝宝。”孟晚薇强装镇静道。

“这种时候不要在称呼上纠结了好吗?告诉我，你在哪里，我现在过来。”

“我在成都，你过得来吗?”

“没问题，你等我。”

陈界准正欲挂断电话，又被孟晚薇及时叫住:“等一下，不过是同你玩笑，当前已无航班。”

“放心，我自有办法。”

夜风呼啸，将孟晚薇的头发吹得七零八乱，她随手拨开挡住面颊的发丝，抿了一口酒，眼泪滚滚而下，却执意轻松言笑道:“你预备把自己装进高射炮里面轰过来

吗？”

“我实话实说，你又会嘲笑我炫富。”

“没错，所以你最好三缄其口。”

陈界准清楚地感知到手机音筒里的风声鹤唳，他问道：“你现在在室外吗？”

“是，我在阳台上。”

“这么晚了在阳台做什么？我警告你，你可千万别想不开啊！你要是有半点差池，我一定会嘲笑你的，无论今生来世，总之只要见你一次，我便嘲笑一次！”

陈界准的语无伦次被孟晚薇的嗤笑打断：“你在胡言乱语些什么，我才不会寻死觅活。”随即又低吟浅语道，“如果真有那么一天，你才不会嘲笑我，你会想我。”

“是，我会想你。”陈界准的声音低沉。

“你还会写很多封信给我，然后把它们撕碎。”孟晚薇哭出了声，“你就是这样的一个人。”

“有人欺负你了吗？”

“没有。”

“你不要两个字、两个字地回答我。”陈界准心急如焚，“我现在坐立不安，你马上告诉我，到底发生了什么事！”

孟晚薇沉默不语，她清楚，一旦将脆弱全盘托出，陈界准便会与她产生某种亲密的联系，不再是一个可有可无的人了。于是她犹疑道：“这是我的事情。”

“你是担心我会对你不利吗？”

“不，我是担心感情会在这些琐碎当中一天比一天深厚。”孟晚薇一语成谶。

“我知道，我知道自己的感觉。”陈界准喟叹道，“从浅尝辄止到无法自拔只需要一根烟的时间。”

“我们这种行为算不算是暧昧？”

“否定，我没有模糊不清；相反，我的表达一目了然。”陈界准道，“我喜欢你，犹如莲花不着水，亦如明月不住空，毫无半分掺假与亵渎。”

孟晚薇踟蹰半晌，将下午发生的事情尽量轻描淡写。

陈界准安静听完，蹙紧了眉头，道：“人间处处盛行着无常，但是你无须因为任何事物压抑自己，失望是有限的，而希望是无限的，你可不可以暂时抛开那些无谓的纷扰，冷静地思考我的请求，从这一刻开始，让我来照顾你好不好？”

第十章

背水一战

翌日，孟晚薇搭乘早班飞机返回深圳，刚落地便收到银行讯息，孟怀廷已将书店所需费用悉数汇入账户。于是，她开始马不停蹄实地考察选址，最终决定落脚在万象城附近，大隐隐于市。

连续忙碌之后，孟晚薇邀冉甜与杜亨小聚，三人在咖啡馆外找了一张圆桌落座，杜亨叫了一杯美式，冉甜点了一块红丝绒蛋糕，孟晚薇要了一份提拉米苏。听闻书店即将步入装修阶段，冉甜不禁咋舌："你这速度，简直说风就是雨。"

"多亏你上回提醒，让我攒足念头摒弃'无业游民'的身份。"

冉甜眉开眼笑，道："书店名字拟好了吗？"

"暂时定作'荷些书坊'，还可以再斟酌。"

"听着倒是新颖，只是不解其意。"

"屈原《楚辞》里有一句'芙蓉始发，杂

芰荷些’，读起来颇觉高洁雅趣，所以择取了当中二字。”

“我觉得你应该去念中文系。”杜亨由衷道。

“世上难免有阴差阳错之事。”孟晚薇粲然自嘲，“家母曾经期许我入音乐学院，家父则要求我混迹财经，谁也没有在意过我崇尚文学的想法，白白抹杀了一颗诗人的心。”

“幸好命运的洪流将你推至我身旁，否则世界之大，你我何谈相识相知。”冉甜话音刚落，杜亨的手机铃响，接听完毕，他道：“是界准，他朝我要了定位，正在过来的路上。”

孟晚薇抬头望月色，自成都那通电话之后，她的心似乎已经失了分寸。深圳的暮夜灯光璀璨，云轻轻浅浅地飘在都市的上空，散漫着，变幻着，充满安详与丰盈。孟晚薇望得久了，甚至生出恍惚来：究竟是它们在人的眼里，还是人在它们的梦里？

大约一刻钟后，司机载陈界准抵达。他径直走向餐台，同杜亨二人打过招呼，继而转向孟晚薇，柔声问道：“最近好不好？”

短短五个字，冷静地隐忍了汹涌澎湃的眷注，只有陈界准自己知道。

“好。”孟晚薇的目光对向他的眼神，笑意弥漫开来。

“如果我单独约你，你一定会拒绝？”

孟晚薇没有料到陈界准会当众直截了当。

冉甜将头靠在杜亨肩上，道:“怎么办? 我要紧张死了。”

杜亨不做声，笑着端起咖啡杯，饶有兴致地欣赏眼前这出戏。

“别看平常在群里嚣张跋扈，现实当中却不过如此。”陈界准温柔不过三秒，激将道。

孟晚薇果然上当，她挑衅道:“约就约，谁怕谁? ”

“有种，那你现在跟我去一个地方。”

冉甜正欲劝阻孟晚薇，却被杜亨拦下耳语:“别担心，让他们走，等会儿我告诉你缘故。”

司机将宾利车开过来，陈界准坐进驾驶位。

冉甜拥抱孟晚薇，轻声道:“有事随时电话。”

车子驶离之后，冉甜迫不及待地向杜亨追问:“你们葫芦里到底卖的什么药? ”

“他打算以最原始、最真诚的一招背水一战。”

“说人话。”

“陈界准要带孟晚薇见家长。”

冉甜吃了一惊:“事先有无同晚薇通气? ”

杜亨摇头:“你看刚才那副架势，明显是预谋。”

“完了完了，陈界准会弄巧成拙! ”冉甜道。

“他在孟晚薇这件事情上大概已经黔驴技穷，所以不得不寻求外援。”杜亨道，“成事在人，我们等消息吧! ”

“话说回来，没有对比便没有伤害，某些人待我远不如人家上心呀！”冉甜故作失望姿态。

“冉小姐此话差矣。”杜亨忽地掏出一枚De Beers的钻戒，“我跟陈界准的性格相反，不太会主动炙热，就等你兴师问罪了，我才好顺理成章地套路一番，以此物定情，还望笑纳。”

冉甜破笑，将手伸出：“替我戴上。”

杜亨照办。

“你还欠我一封情书，必须是手写的，并且要叠成爱心的形状。”

“没问题，择日补齐。”

另一边的车内，二人均未刻意寻找话题。音箱放着Richard Sanderson的《Reality》，孟晚薇将思绪埋进旋律当中，莫名产生一种岁月静好的感怀，她不清楚到底是音乐的魔力，还是身边的驾驶者已经悄然入驻了她的内心。

“有无考虑将书店的经营模式多元化？”曲毕，陈界准率先发问。

“最初的理念其实很简单，就是开辟一块精神净土，也勉强算作一份实业，后来感觉与一般书店无异，又单独设计了一间钢琴房供读者释压使用，毕竟文与艺不相离。”

陈界准明白钢琴房的特殊意义，但他没有点破，只道：“既然有额外的增添，不妨再继续扩展，例如微型会议室可供各类行业大咖探索交流，音乐演出台可以邀请有质量的独立音乐人前来，人气一旺，名声大噪，书店自然兴起。”

“总共才三百二十平方，需要划分众多区域，内容是丰富了，空间上不会感觉局促吗？”孟晚薇内心认同陈界准的建议。

“面积足够。”陈界准略微沉思，“现代人注重隐秘度，因此私人阅读空间也可作参考，另外，人食五谷，虽然不能与餐厅比肩，但简餐必不可少。”

“同意，简餐最好是素食，再备一些茶和糕点，只是这样的话，唤作‘荷些书坊’是否太片面了，需不需要重新拟一个名字？”

陈界准道：“名字倒是无伤大雅，你原先定的就很好，何处碧草眉上见，此时二水眼底流，且书肆、书坊皆古朴别致，在一众现代商业裙楼中显得清新脱俗。”

孟晚薇豁然开朗。

“刚好我有朋友在设计公司，口碑还不错，回头你把想法归纳一下，告诉他们，装修的事情你就不必操心了。”

“哪里有什么刚好，分明都是刻意。”

“看破不说破。”陈界准笑道，将车盘旋至半山腰。

“似乎这是去你家的路。”孟晚薇印象中退还梵克雅宝那次来过。

“好记性。”

孟晚薇不解其意，紧张道：“你要干什么？”

“现在才问恐怕迟了吧？”陈界准调侃道，“之前天不怕地不怕的壮志豪情呢？”

“给你最后一次机会道明企图。”

陈界准见她眉尖若蹙，于是正色道：“我想请你吃顿家宴。”

未等孟晚薇仔细根究，车子便已驶入私家车库。一位仪态雍容的中年妇人站在门口微笑致意，孟晚薇隔着车窗，见妇人胸前佩戴一块满绿翡翠佛公，心知并非女佣。陈界准停车熄火，将一只手臂搭在方向盘上，载笑道：“你在忖度的这位正是家母。”

孟晚薇错愕不已，一时语塞。

“别怕，有我在。”音落，陈界准起身离座，行至孟晚薇一侧，为她打开车门。

箭在弦上，孟晚薇只好硬着头皮下车，陈界准再次向她介绍：“这位是家母。”

孟晚薇问候道：“伯母好。”

“哎，你也好。”陈母笑容满面。

“妈，这位是我的……”

“不必赘言，我心知肚明。”陈母柔声打断儿子的话茬，牵起孟晚薇的手，“阿薇，我们进屋里坐。”

陈界准凝笑跟随。

三人从正门入，绕过一片古典园林，一幢三层独栋别墅映入眼帘。尽管四周林影如画，孟晚薇的心底却五味杂陈，第一次不明就里当了一回客人，并且面对长辈两手空空，她感到唐突得很，于是歉意道:“伯母，实在不好意思，今日来得仓促，没有带伴手礼。”

“不打紧的，人来了，我便高兴。”陈母态度温和，又话锋一转，“阿准成日里忙公司的事，他父亲也不得空。到了我们这个年纪，早已通晓‘万般将不去’的道理，因此不愿为物所役，只是看到身边那帮老姐妹们儿孙绕膝，我便在想，若是上天能够赐给我一个小孙女当礼物，那可真是皆大欢喜……”

孟晚薇听出弦外之音，知是陈母误会，正欲解释二人关系，陈界准却先解围道:“妈，开台吃饭吧！”

从客厅过道至餐厅，孟晚薇已经对屋子的整体风格有了定义。室内空间以新中式为主题，全实木家具，简洁温和，与建筑之外的自然山林相得益彰，除却餐桌的背景墙有一幅山水挂画古朴清雅，其余软装皆不存繁杂奢华之风。

落座后，佣人依次将菜品罗列，陈母不断夹菜给孟晚薇，嘱咐她:“切莫畏生，多饮多食。”孟晚薇虽然暗自气恼陈界准的自作主张，但是对陈母的和蔼可亲心存感激。

“我这一生女儿缘薄，此番于你是相见恨晚。”陈母道，“今后要常来家里吃饭。”

“好，只要伯母不嫌弃我饭量惊人，我一定常来。”

“不嫌弃，你就是端着电饭煲饕餮，伯母也乐意供这顿米。”

“妈，偏心过头了啊。”陈界准假装醋意。

“我们娘俩讲话，你好生吃你的饭。”

“遵命，母亲大人，我马上隐身做透明人。”

三人皆笑。

陈母又道:“阿薇，你是哪一年出生？”

孟晚薇如实作答。

“这样说来，阿准长你七岁。”

“是。”

“平日他待你可好？”

“界准待人十分友善。”

陈界准当面听闻夸赞之词，不禁喜形于色，孟晚薇偷瞪他一眼。

“那就好，若是他有什么不周到的地方，你尽管告状，伯母替你做主。”

“是。”

气氛融洽的晚餐在闲话中接近尾声，陈母留孟晚薇继续喝茶，后者以夜深为由谢绝告辞。陈界准预备开车相送，二人行至车库，孟晚薇悦色尽失。

“你在生气吗？”陈界准小心翼翼地问。

孟晚薇冷眼望他，反问道:“你觉得今天这种局面合话吗？”

“你想听真话吗？”

孟晚薇不发一言。

陈界准恳切道:“今日之事，的确是我夙愿得偿，如果我爱你，我要向全世界广播，更何况是我的母亲。”

“你让我见识到了，什么是真正的套路。”

“孟晚薇，我很压抑，因为你对我的误解。”陈界准第一次叫她的全名，“这个世界总体是灰色的，我有自辟的疆土，里面没有别人，只有你，你在意我过去做过什么，那都是过去，哪怕我说完这句话的这一秒，也是过去，但是这一秒，我的想法就是最重要的想法，从开始到现在，我对你的想法没有变过。”

“我的误解不重要，我不重要。”孟晚薇余气未消。

“你低估了我，也低估了你自己，现在不管我讲什么，都会成为你口中的‘套路’，没关系，爱不是一句口号，而是去践行的真相，时间会证明一切的。”

“你的说辞很完美，但是我不接受。”

“不要这样对我。”

“你不必送了，我自己打车回家。”

“是我擅自做主，我道歉，我只是不知道该如何证明自己对你的笃定。”

这番肺腑之言，很难不使孟晚薇动容，她不忍面对陈界准失落的神态，竭力掩饰道:“大家都冷静一下，就此别过吧。”语罢，便转身朝外走。

陈界准见状，疾步向前拦下她，孟晚薇欲后退拉开二人之间的距离，被陈界准识破，他一把拥住她，孟晚薇下意识地挣扎，陈界准却越抱越紧。

孟晚薇力不从心，她的双手尴尬地垂在身体两侧，陈界准喘息未定，在她的耳畔低沉道："这个拥抱Ending你觉得怎样？"

孟晚薇妥协了，向内心的真实妥协。她轻声道："我数三下。"

陈界准以为她在下最后通牒，于是立即松开双手。

二人对视，陈界准开口颓叹："对不起，刚才是我冲动。"

孟晚薇盯着他的眼睛，一字一顿道："没有开始何谈结束？我数三下，三……二……一……我们开始吧。"

世界仿佛在这一刻静止。

第十一章 人间有味是清欢

深圳属于亚热带海洋性季风气候，因此整个冬季皆无缘于白雪皑皑。十二月到了，窗外的落日将天空印染成橘红一片，孟晚薇凝望至眼睛发酸，她不记得自己是从什么时候开始迷恋暮霭的，总之，倘若有人询问她最喜欢的东西，答案一定是晚霞。

陈界准的电话打断了她的独处时间。

“宝宝，你在干嘛？”

孟晚薇将耳朵贴紧手机音筒，陈界准的声音柔软又清晰，她不禁漾笑，道：“夕阳无限好，可惜某人日理万机，无暇观赏。”

“你是我的眼，你的所见即是我的所得。”

“陈总的口才令人自惭形秽。”

“请问假装恭维对方是我们特有的恋爱模式吗？”

二人言笑晏晏。

“我现在过来接你出门吃饭。”陈界准道。

“说说说说说你约我。”

“宝宝，我约你。”

“那我先去梳妆打扮。”

“不需要刻意装饰，已经足够出众，好歹给旁人留条活路。”

孟晚薇抿笑道:“我要挂电话了。”

“好，等会儿见。”

孟晚薇打开衣帽间，一排排衣物整齐陈列，挑了好一阵子，皆无所获，大概女人永远都感觉自己的衣柜缺少一件衣裳。时间在纠结中逐渐消耗，直到陈界准发来讯息告知五分钟后抵达，她才匆匆拣了一条腰间缀有钉珠的浅湖蓝蕾丝钩花长裙穿上。

临行前，孟晚薇从冰箱拿出一罐可乐。户外残存的光线在草木之间流动，万物光明磊落。孟晚薇顺着树荫行走，知晓前方有心上人在等候，她嫣然浅笑，脚步轻盈，维持着一种既迫切又持重的速度。

行至小区门口，陈界准正在倒车，孟晚薇见状，在一侧驻足静待。

片刻，陈界准从驾驶位落地，他勾起唇角，眉宇舒畅，一脚踏进了夕晖里。

孟晚薇见陈界准穿着一身清爽利落的牛仔裤与白T恤朝自己迎面走来，连忙摆手示意。她试图矜持一些，但喜悦之情油然而生，根本无计遮掩。

“我摆手的意思是想喊你原地不动，我自己过来就是了。”孟晚薇将可乐递给他。

“我知道，可是我想捕获更多的欢喜。”陈界准笑意昭然地接过可乐道，“离你越近，我越欢喜。”

“活脱脱一个行走的情话机。”

“片面了，行走的银行卡更加贴切一点。”陈界准一边载笑载言，一边拉开副驾驶车门，“感谢孟总赏光，请落座。”

孟晚薇笑逐颜开，俯身上车。

车辆启动，车载音箱萦绕着李克勤的《护花使者》。

“俗话说得好，检验爱情的最好办法，就是跟他去旅行一次。”陈界准道，“新年将至，孟总有无兴趣验证一下这个观点？”

“孤男寡女一同出游，你确定不是拐弯抹角地想睡我？”孟晚薇轻描淡写道。

碰巧前头是红灯，陈界准能够有机会笑不可遏。

孟晚薇继续道：“司机先生，麻烦克制一下你的行为举止，注意安全，谨慎驾驶。”

陈界准双手搭在方向盘上，扭头注视孟晚薇清雅的脸庞，故作正色道：“宝宝，你变了。”

“怕了吗？我秉性向来如此，现在后悔为时不晚。”

“怕是不可能的，在这种关键问题上，我若是退缩，岂不是证明自己无能？”陈界准邪笑得放肆耀眼，“原本只是打算单纯地邀你去瑞士滑雪，不过你倒是提醒了我，除此之外，还有更好的事情可以做。”

“懒得理你。”孟晚薇避开他的目光，转移话题，“我要连接我的手机蓝牙，让你领略一番别样的音乐风情。”

“点火之人是你，灭火之人还是你。”陈界准道，“既然如此，我也只好伪装君子洗耳恭听了。”

一番操作之后，孟晚薇正准备打开音乐软件，一阵声势浩大的旋律突然在车厢内激昂——“大河向东流哇，天上的星星参北斗哇……”原来是来电铃响。

陈界准爽朗道:“孟总的品位果然超群。”

孟晚薇按下接听键，对方道:“你好，我公司有特殊渠道可以为您提供无抵押贷款服务，需要了解一下吗?”

“不需要，谢谢。”孟晚薇谆谆善诱道，“你以后可以别再打电话骗人吗?这样是不对的。”

结束通话后，陈界准关切道:“诈骗电话吗?”

“是。”

“明明知道是诈骗还要以礼相待，下回不必赘言，有陌生垃圾来电，直接摁掉就是。”

“当今社会诈骗电话太过频繁，我多费一句口舌，就有可能多一个骗子回归正轨。”孟晚薇道，“去年除夕，我接到一个陌生电话，对方一上来便问:‘猜猜我是谁?’我心想，莫非是哪个熟人换电话了?于是我以一贯的口吻答:‘你猜我猜不猜?’对方明显一愣，继而道:‘好久不见，还是这么幽默！你快猜猜！’我懒得同他周旋，因为我的同性好友原本就寥寥无几，更别提这类故弄玄虚的异性友人了，于是我正色道：‘报上名来！’对方欢快道：‘是我啊！连我你都不记得了！’此言一出，我心中便已了然，但由于是第一次接到骗子电话，我觉得非常新鲜，打算看看他们会以什么样的手段行骗，便故意恍然大悟道：‘哎呀，是你啊！晓得了晓得了！’对方见我上钩，立即话锋一转：‘我在路上出了点车祸，你先给我打五千块钱应急吧，回去我就还你！’我不知道从哪里冒出来的勇气，竟然道：‘大过年的，不要编造这些不吉利的谎话，快回去陪母亲吃顿热腾腾的年夜饭吧，代我问老人家好。’对方好半天才缓过神来，道：‘谢谢，也祝你过年好！’语罢，他便主动挂断了电话。”

“宝宝，你的善良在这个戾气纵横的社会显得格外明亮，但是对良知的洗礼是一项异常艰巨的任务，非你一力可为。”陈界准道，“社会人是鲜活的矛盾体，免不了有一部分以占便宜为得意、炫耀、沾沾自喜的恶，这种陋习成风的集合与升级就是诈骗。他们不知廉耻、行径卑劣，全然不顾地将同类推进深渊，充斥着冷漠和残酷，难道他们不知道自己在操纵着骗人的勾当吗？不，他们心知肚明，这更使人愤懑。当我们生活在这样一种黑暗的氛围中，当社会环境给成员的感受是处处皆骗的风险，你的正义之拳便会如同打进棉花里一般，根本无济于事。我当然不是在否定你的善意，我只是顾虑你的感受，毕竟你的善良触动了一个甚乎其微的个体，如果日后事与愿违，你不要因此责备自己的无能为力才好。”

“我相信星星之火可以燎原。”孟晚薇道，“在这个信息发达的时代，我们能够抵御诈骗，可是我们的亲人呢？思维能力随着年龄的增长而下降的老人和涉世未深的孩子呢？诈骗并不因为我们的不受骗而消亡，它如同一颗毒瘤，在社会的血液中不断滋生。我曾经思考，到底有没有根除它的办法？诈骗犯罪分子是从什么渠道获得的公民个人信息？运营商或者有关部门能否遏制我们的隐私裸奔？但是这些通通都是无用的思考。后来，我也不再做诸如此类的纠结了，我行我力所能及的善，救赎与否，那是上天的安排。”

“你的出发点绝对正确，我祈祷着，有朝一日你看清楚生活的真相之后，还能够保持一颗热爱生活的心。”

孟晚薇忽地生出疑问:“你说，为什么好人要历经九九八十一难，而坏人只需要放下屠刀就能立地成佛？”

“放下屠刀，立地成的是佛道，意思是，可以站在成佛的起跑线上了；九九八十一难是印证果位，真的成佛了。坏人得先获得‘成佛权’。”

见陈界准一副语重心长的模样，孟晚薇轻松话题道：“你是在教我做事吗？”

“你是我的家眷，我不教你谁教你？”

"我是一匹野马，当心马蹄子伤人。"

"在你面前我已经卸下全副铠甲，你若想伤我，那还不是分分钟的事情。"

孟晚薇被他自嘲的语气惹出一丝莫名的心酸。

见她不作声，陈界准伸手握住她的手掌，孟晚薇没有抗拒，反而用手指在他的手背上来回游离。温馨的氛围须臾间弥漫开来。

不多时，陈界准便在一家创意川菜料理馆门前驻车。孟晚薇迎面见门厅处挂着一幅书法——人间有味是清欢，其笔势行云流水，仿若龙蛇飞动，她不禁多看了两眼，道："这幅笔墨倒是与你的字形有异曲同工之妙。"

"孟总慧眼独具。"陈界准欣悦道，"你不妨再凑近瞧瞧。"

"难不成是你题的字？"孟晚薇一边疑虑，一边走向挂字，片刻后，她惊呼道："落款真的是你的名字！"

"终究是被你发现了，不过，这只是鄙人所有优点中最不起眼的一项。"

"陈总的盘子铺得够大，竟然还染指了餐饮行业。"

"不敢当，朋友开的店，我不过是入了点股份罢了。"

落座后，一道道菜肴布上了桌台。

陈界准关切道："味道如何？"

"精致倒是精致，只不过里头这些细碎的辣椒出奇地辣。"

一旁倒茶的服务生听闻二人交谈，开口道：“别说是你们客人了，我从上班到现在，还是吃不了我们店里的菜，那玩意儿整得太辣了！”

孟晚薇道：“的确，平常我们都是无辣不欢的，但是面对眼前的辣也只能甘拜下风。”

服务生继续热心道：“这道虎皮辣椒炒肉稍微好点儿，其他的真不行，没有一道菜是不辣的。”

孟晚薇嫣然颔首，然后开始吃菜。服务生则站在一侧对菜品评头论足，丝毫没有离开的意思。孟晚薇私心觉得与之对话应当适可而止，毕竟这是一场二人世界的约会。于是她埋头咀嚼，不再应声。

服务生见状，欲言又止，作势要走，却仍驻足观望。陈界准乜斜对方一眼，终于，服务生识相地离场了。

孟晚薇打趣道：“刚才我用余光瞟见，你的眼神似乎要杀人。”

陈界准放下筷子道：“这个服务生一定是看你漂亮，想要多跟你搭讪几句。”

“我们只是吐槽一下菜品而已。”

“不是，他讲起话来没完没了，眼睛发光，还迟迟不愿意离开，肯定是喜欢你。”

“是吗？那又怎样。”孟晚薇昂头道。

陈界准嗟叹：“我刚刚一直在桌子底下伸脚想要踹他走，可是太远了没有够着。”

孟晚薇笑得花枝乱颤:“这充分说明了你的脚还不够长。”

“你给自己挖了一个坑。”陈界准輾然道,“接下来我要开始耍流氓了。”

孟晚薇连忙告饶。

“来不及了。”陈界准离座起身，行至孟晚薇身旁俯身耳语道,“我身材比例很好的，不信你可以亲自来丈量。”

第十二章 沉溺

是日，冉甜向孟晚薇提议:“我们两家人去北海道跨年如何? ”

“什么两家人? 还没过门便开始自命头衔。”

“陈太太、杜太太，不都是早一天、晚一天的事情。”冉甜胸有成竹。

“看来你和杜亨发展相当迅速。”孟晚薇揽过冉甜的肩膀，恶狠狠地发问道，“说，是不是有了夫妻之实? ”

“在你面前没有任何说谎的必要。”冉甜粲然一笑，“陈界准有没有对你……”

“打住，我们是按部就班地谈恋爱，不像你，直接实行质的飞跃。”

“你没有经验倒也罢了，可是陈界准这位情场老手，放在嘴边的肥肉居然不会垂涎三尺? ”

“拜托你正经一点。”

“好吧，那么请同你的‘柳下惠’确认一下时间，北海道之约是否可行。”

“恐怕不用同他确认。”孟晚薇道，“因为在你的邀请之前，我已经答应与他一起前往瑞士迎接新岁。”

“好你个见色忘友之徒，竟抛下我单飞！”语罢，冉甜又揣度道，“到底是陈界准手段高明，良宵还须择地共度……”

“我看你是魔怔了，三句不离男欢女爱。”

“我是实事求是地分析问题。”冉甜道，“你们这趟出行，难道会分房而居吗？答案自然是否定的。你设想一下，一对正值妙龄的恋人共处一室，在阿尔卑斯山脉美轮美奂的景色加持下，会不会涌出一种本能的冲动？”

“我可以事先同他约法三章，就像与温安一样。”

“不不不，陈界准与温安是两个独立的个体，你切莫将他们混为一谈。”冉甜道，“我清楚你的操守，温安也通晓，但是结果呢？他出轨了。今次我直言不讳并非是鼓励你去破戒，而是不希望你重蹈覆辙受到伤害。温安固然不对，但有些事情违背了人类作为高级动物的天性，所以无法坚守不渝，你要自己把握好，在顺应内心的情况下，水到渠成或许会成就一段佳话。”

“我听明白了，你现在便如同那清朝敬事房的太监公公，只差将我扒光裹上大氅送向陈界准的龙床。”

“此言差矣，按照性别划分，理应我是嬷嬷才对。”

见孟晚薇托腮凝眸，冉甜又神秘兮兮地凑上前道：“你不必惴惴不安，到时候本小姐教你几招御男之术，保证让陈界准欲罢不能！”

说时迟那时快，骤然一声哀嚎惨叫，冉甜的胳臂已经被孟晚薇掐了个正着。

平安夜将至，整座城市充斥着浓烈的欢乐氛围。“没有什么比经过时间更令人不安的。”孟晚薇心想。再过一天便是她二十二岁的生日，自从母亲去世后，她已经完全摒弃了庆祝的念头。

当下是一个不早不晚的时段，孟晚薇没有太过悲戚或者喜悦的情绪，手头事务收场，周遭空泛而索然，她不知道这样的时刻最适合做什么，于是任由记忆钻进了时光的缝隙里。

窗帘上潜伏着被阳光反射出来的斑驳，有那么一刹那，孟晚薇仿佛看见了从前母亲背对着余晖坐在钢琴前制造音律的轮廓。

她渐渐模糊了瞳孔。

陈界准的来电打破了寂静，孟晚薇调整好心绪，按下接听键。

“宝宝，我忙完了，晚上想吃什么？”

“饥饿不单单是指食物，还可引申为对情感的渴求，我现在属于后一种状态。”孟晚薇道。

“领会了，你在家等我，我过来。”

不多时，一身西装革履的陈界准登门造访。刚打开门，孟晚薇便一头扎进他的怀里。

陈界准一边将她拥紧，一边轻抚她的头发。

“你总是在我最脆弱的时候出现。”孟晚薇道。

“爱一个人，就要随时准备好充当她的降落伞，如果不能及时进行救援，那么事后的出现将毫无意义可言。”

“又一个冬季来临，可是我不想再往前走了。”

“逃避不是解决问题的唯一办法。”陈界准揽她入室，二人在餐桌前落座。

“我明知母亲已经消失，却总是忍不住幻想她是否在未知的空间里一如既往。”孟晚薇道，“儿时我曾梦见过母亲亡故，从梦中哭醒后，那般痛彻心腑的绝望至今仍难释怀。我战战兢兢，从床上爬起，光着脚，敲开父母的房门，见母亲完好地站在面前，突然一把抱住她。母亲惊觉，问是何缘故，父亲在旁一语中的：‘恐是做噩梦了吧。’我不语，又默默返回自己的房间，如同梦游一般，只是脸庞上的泪痕犹在，但什么也胜不过母亲健在的安心。后来母亲向我追问，我一直踟蹰着不肯道明缘由，因为我认为那个梦是极不好的预兆，心里不愿让母亲跟我一起难过。再大些，听闻此梦恰好与我解析的相反，乃是增寿之兆，于是择一日漫不经心地同母亲道：‘有一次我梦见你死了，我哭醒了，又害怕又难受。’母亲听罢，笑道：‘生命消亡是迟早的事情，妈妈哪能陪你一辈子。’我未料到母亲竟这般泰然自若地道出了对死亡的态度，其实，这也是我最不愿意承认的事实，我当时很不高兴，心想：‘最起码也应该宽慰一下我长久以来积攒的忐忑吧！’于是我撅嘴道：‘反正我就是要你陪我一辈子。’”

陈界准握紧孟晚薇的双手，静静地听她宣泄着内心的苦楚。

孟晚薇抑制住喉咙的哽咽，继续道：“我自小跟在母亲身边长大，分开最多不超过两日，许多关于小时候的轶事，我都有大致的景象印在脑海。譬如母亲每天都会带着我跑步，那时我至多三四岁，天刚麻麻亮，我一边捏着拳头小跑一边唱着幼儿园新教的儿歌，并且要求母亲跟着我一起学，以此来满足我小大人的虚荣心。长大后，一次与母亲闲话时得知，我不到两岁便被送进了幼儿园。她说：‘我们那时闲得很，上午教钢琴，下午就下班了，我在家想你想得紧，就忍不住将你接回来耍，后来叫你父亲晓得了，怪我耽误你学习，我又把你送回去，过了不久还是想你，就又将你接了出来。’母亲追忆自己当年的举动有些小羞涩，我不禁玩笑道：‘难怪我的成绩不好，原来是你把我给耽误了！’”

“初中时，我与同班一位男生关系要好，每日放学结伴回家。有一天，母亲神神秘秘地来到我的房间，然后试探性地问道：‘你谈恋爱了吗？’我放下书包，假装回答道：‘是，你晓得了。’母亲惊呼：‘你为什么没有第一时间同我分享？还让你隔壁家的王阿姨先我一步知晓！’我暗暗同自己打赌，母亲会不会气急败坏地棒打鸳鸯。于是就胡编乱造了一通大致的恋情经过。谁料母亲竟听得津津有味，只道：‘妈妈还是希望你不要因此影响学习，有些事情放到以后再说也不迟。’我乖巧地保证不影响毕业会考，她露出放心的表情，突然又好似回忆到什么一般，问：‘上次你们同学来家里吃饭，其中瘦瘦高高的那个男孩子就是他吗？’我瞠目结舌：‘你啷个晓得？’母亲自言自语似的说道：‘我一早便察觉出那小子看你的眼神不对，不行，我不喜欢他。’我问：‘为什么呀？他那么帅！’母亲道：‘长得帅有什么用，你看他那么瘦，以后结婚了连液化气也搬不上楼！’”

“母亲重病期间生了许多白发，她是那样讲究的一个人，会在化疗结束后，拉着父亲陪她去染头发。我去医院探望她的时候，她顶着一头复古波浪大卷躲在墙角处突然蹦出来问：‘幺女，惊不惊喜？意不意外？我做的这个造型好不好看？’我笑道：‘好看，当然好看，能把女儿生得这么正点的妈，再差能差到哪儿去吗？’母亲得到心仪的回答，露出招牌式的梨涡浅笑，接着满意地返回病房挂点滴了。”孟晚薇道，“你说，痛楚是不是人生的底色？她费尽千辛万苦将我带到这个世界，又注入了无限的心血，最后自己归于虚无。其实也不光是她，所有人的每一天，都在向坟墓迈进，生日不过是一种警示，距离死亡又近了一年。”

陈界准为她拭去眼角的泪水，道：“人生是一场重在参与的过程，挖掘、观赏、拥有自己的热爱，接纳、挑战、创造生存的法则，我们在时间的路上走得越久，得到的否定与肯定也就越多，这两点就是参与的意义。你不肯承认并且直面死亡，是因为难以忍受死亡带来的剥夺与遗憾。但是不妨反向思考一下，何谓圆满？假设现在只有生，没有死；只有好，没有坏，离开了正反参照，你就不会强烈感知到生命的体验与意义。”

“我认为平行空间是存在的，母亲的离开并非消失，而是突破了三维世界，回归了高阶时空。如你所言，尽管我们终会有殊途同归的一天，但是我们不能因为介意结束，便拒绝开始。”陈界准继续慰藉道，“宇宙无垠，我们大可不必在短暂的一生中拘泥于一个狭隘的点，这就是平淡岁月里的开心法则。过去已然静止，未来自然会来，只有当下是最鲜活的，正因为生日是母亲的受难日，所以你才更应该去体验生命的美好，而且还要代替母亲加倍地体验，若是你此生过得不尽兴，恐怕逝者在天有灵，也会为你无尽忧心。”

孟晚薇被陈界准一席温柔又磅礴的开解击中内心，她咨嗟道：“你的观点是正解，可是，我还是开心不起来。”

“比赛扳手腕吗？”

“这个提议倒是别致。”孟晚薇将手肘搭上桌台，做好迎战姿势准备，她振奋道，“我来发号指令。”

“悉听尊便。”

刚数到二，孟晚薇便抢先使劲欲将陈界准的手腕压下去，但瞬间被陈界准识破，他快速用力反压，孟晚薇连忙加上另外一只手助攻，然而双手合一却依然敌不过。

眼看就要全军覆没，孟晚薇道：“再来一次，刚才没有准备好。”

陈界准谈笑自若：“再来一百次也是同样的结果。”

孟晚薇使出杀手锏：“如果你赢了，说明你不爱我。”

于是，第二局开始。孟晚薇的手将将握上去，陈界准便不战而屈。

孟晚薇仍不称心：“伪输太随意，再来一次，既要让着我又不能被我发觉。”

“奉陪到底。”

第三局开始，最初孟晚薇领先，陈界准暗中将力度缓慢增加，孟晚薇逐渐丧失攻击力量，只余些许抵抗的力道。

残喘之际，孟晚薇捕捉到陈界准手中的力量稍有松弛，时不我待，她趁机一举反攻，侥幸获胜。

陈界准道：“刚才用了一分力，随后两分、三分，依次叠加，直至消亡殆尽，我认输。”

“谢谢你对我这么好。”孟晚薇蓦地发出一句由衷之言。

陈界准没有料到她会突然郑重其事，两个矫情的人，望着彼此红了眼眶。

半晌，陈界准才开口道:“我不想听到‘谢谢’这两个字，实在要谢，用余生来谢。”

“你要求的谢礼太过贵重，我不能轻易地慨然允诺。”孟晚薇起身作势倒水，趁陈界准不备，陡然贴向他的额头一吻，道:“这样子谢可不可以？”

见偷袭者欲溜之大吉，陈界准眼疾手快，将孟晚薇一把擒住，拉扯之间，后者立身不稳，倏地倒坐在陈界准的腿上。

“孟晚薇，你在玩火。”陈界准罔顾怀中之人的挣扎，霸道地轻啄她的鼻梁、耳垂，最后缓缓地滑向她的唇间。

孟晚薇被陈界准强有力的缠绵束缚，感受到他近在咫尺的灼热气息，孟晚薇的脸颊开始发烫，她情不自禁地闭上眼眸，双手迟疑地揽上了他的腰肢。

得到孟晚薇的回应后，陈界准的尺度更加放肆大胆了，他的手探索着伸向孟晚薇的衣裳内里摩挲，柔软细腻的肌肤触感让他的原始欲望疾速膨胀，他的呼吸明显急促起来，原本落于唇间的炽热亲吻也如暴风雨般席卷了孟晚薇的颈窝。

面对突如其来的柔情进攻，孟晚薇的身体不由得发出轻颤。这个举动仿佛一声惊雷轰醒了正在激情当中沉浸的陈界准，他触电般地停止了侵略的行径。

“对不起，我失控了，我不应该在你情绪低落之际趁人之危。”陈界准的声音低哑，“我可以出去买包烟吗？”

孟晚薇用手紧扣他的后颈，她不敢正视他的眼睛，但引火之势仍旧，只见她垂眸敛目地呢喃细语：“你确定要放过我吗？”

陈界准的心在此刻被撩拨到了极致，他毅然决然地抱起孟晚薇朝卧室走去。

一番旖旎缱绻的云雨过后，二人侧卧对望，不禁会心一笑。

陈界准能够清晰地看到孟晚薇忽闪的睫毛，他爱怜地抚上她娇俏的面庞，道：“一切猝然而至，你让我觉得自己是一个衣冠禽兽。”

孟晚薇朱唇微启，欲说还休，最终，只轻轻地摇了摇头。

陈界准的手指滑过她的眉毛：“有没有人赞过你的眉目英气？”

“说话这样讨喜，是不是想求我给你修个同款眉毛？”

“太招摇了你不担心吗？”

“你要是还想见到明天的太阳，就该万花丛中过，片叶不沾身。”话音刚落，孟晚薇又觉不够谨慎，于是补充道，“如果你敢万花丛中过，我就把你废了。”

“请问我是蝴蝶还是蜜蜂？”

“还想当那么灵气的动物？你是猪。”语罢，孟晚薇发号施令，“你转过去一下，我要起来冲凉。”

陈界准知她腼腆，调笑道：“你不提后半句话倒也罢了，既然提了，我就不太情愿刻意回避春光。”

孟晚薇踹了他一脚。

“我警告你，不许对我动手动脚，否则后果自负。”

孟晚薇手脚并用，欲将嚣张扬言者赶下床。

陈界准一边支撑床沿，一边奋起反击，二人嬉笑打闹间，衾被扭作一团，床单上一抹鲜艳的红色乍然裸露了出来。

陈界准见状，顿时敛容屏气，他转向孟晚薇，慎重其事地问道：“宝宝，这是你的第一次吗？”

“你这副不可思议的神情有伤到我。”孟晚薇道，“在你眼里，我是一个随随便便的人吗？”

“不，我不是这个意思，我原以为你与前男友交往良久，很多东西会顺理成章地发生。”陈界准真切道，“我没有封建情结，就算你不是完璧之身，我也早已爱你爱到了骨子里，请你原谅我的造次，我只是为自己的鲁莽感到懊悔，也自责不该草率地占有你，最起码，也要预备一些仪式感。”

“这种事情需要什么仪式感？”孟晚薇举止泰然，“还不是我勾勾手指，你便沉醉癫狂。”

陈界准啼笑皆非，他不作言词上的较量，只再次将孟晚薇压至身下，熟悉的气息扑面而来。

“我不允许你再这样妩媚，好似身经百战，看破红尘。”陈界准道。

“初出茅庐又如何？只要某人引导得好，我定当出类拔萃。”

陈界准好不容易才恢复的理智又荡然无存，与先前的猛烈不同，此刻，他以一种极其温柔的方式辗转流连于孟晚薇的身体。

“今生今世，定不负你。”孟晚薇听见陈界准的声音像一根羽毛，轻飘飘地落入了她的心头。

第十三章
新生

翌日破晓，孟晚薇醒来，见陈界准尚在酣眠，她蹑手蹑脚地行至客厅喝水。举杯的同时，孟晚薇不经意地瞥了一眼落地窗外的明晰海面，对岸的香港山顶有微黄的光晕，往上就是成片的灰暗了。

别有味致。孟晚薇踱步阳台一窥究竟。此时，暴雨将来，风发狂似地咆哮，城市的灯火还未全部清醒，有轮船的鸣笛声经过。

孟晚薇凝神着苍穹中被风急速推动行走的云朵，闪电潜伏跳动，随着些微灯光一起，恍惚间，整座城市变得陌生起来，仿佛黑暗童话里的主场世界，让人陡生敬畏。

大风灌满了孟晚薇的单薄衣衫，情境之下，她想，此刻有一支烟再好不过了。

彼时，陈界准睡意朦胧地望着孟晚薇的背影伫立了好一阵子，于是起身走向阳台拦腰抱住她，轻声道:“有我在，不必过度思虑人生。”

孟晚薇受惊于出乎意料的环抱与声响，她下意识地打了个冷颤。

“抱歉，我吓到你了。”

“没关系。”孟晚薇道，“我只是还没有习惯家里突然多出来了一个人。”

“那你必须好好正视这个问题，否则今后我们儿孙满堂，喧闹会变本加厉。”

“广东人热衷生小孩，果然名不虚传。”

“多子多福。”陈界准言笑宴宴，牵引孟晚薇往屋内边走边道，“今日你是寿星，为夫亲自下厨为你煮一碗长寿面。”

“煮面可以，把刺耳的自称去掉。”

“我想听你叫我一声。”

“陈总。”

“不是这个。”

“阿准。”

“也不是这个。”

“要不尊称你为陈哥吧？”孟晚薇拖长了音调，绘声绘色地故作魅态道，“哎哟陈哥，您怎么才来呀，奴家可想死你啦！”

毫无防备地，孟晚薇被陈界准一把推向墙面，他没有给她任何反抗的机会，果决地吞噬了她的唇舌。过了许久，陈界准才松开她，压抑着意乱情迷道:“我记得我告诉过你，不许这样妩媚。”

孟晚薇气息不稳，道:“我只是开个玩笑而已。”

“叫我。”陈界准斩钉截铁。

“准……准哥。”

“叫我老公。”

“老哥。”孟晚薇含糊其辞，试图将两个相似的音节混淆过去。

陈界准哑然失笑。

“不过是吃你一碗面，没想到代价竟然如此之大。”孟晚薇翘起嘴道，“好端端的生日被胁迫至此，还有人比我更惨的吗？”

“喜庆之日，不许说不吉利的话。”陈界准道，“这次便作罢了，反正以后强迫的机会还有很多。”

少顷，陈界准将煮好的面条端上桌，孟晚薇开始大快朵颐。

“手艺不错，不像我，只会将白开水烧得很好。”

“慢点吃，不要着急。”陈界准道，“今日我罢工一天，带你去一个好地方。”

“什么好地方？”

“一座山里。”

“可是外头正在落雨，出行会不会不方便？”

“我看了天气预报，阵雨过去自会放晴。”

孟晚薇望着窗外烟雾交织的阴沉，喃喃道:“你比我年长七岁，以后我叫你七哥好不好？”

“只要你觉得好，我便没有异议。”

“不过，有一点我很好奇。”陈界准继续道，“你从来没有说过喜欢我什么。”

“老生常谈，为什么一定要讲？”

“因为我要明确你喜欢哪一点，这样我可以继续保持，否则我很怕哪天不小心把你喜欢的那个点弄丢了。”

“那你喜欢我什么？”

“你漂亮。”

“以色事人者，能得几时好？”

“但这是最直观的表达。”

“给你一次重新告白的机会。”

“稍等，我下楼一趟。”

过了一会儿，孟晚薇看见陈界准抱着一大束鲜花进门。

“上回你送来的玫瑰我还没有扔，我将它们变成了永恒。”孟晚薇牵起陈界准来到杂物房，晾晒的自制干花被逐一装瓶妥善安置，趣味横生。

“每一束花都见证过我们，不肯它们倒地而死，情愿枯萎之后，还能拥有无用之用。”孟晚薇道，“另外，我喜欢你所有的完美和不完美。”

早餐结束后，陈界准载着孟晚薇驱车两个多钟头抵达山顶一处红砖老宅。

尽管细雨依然淅淅沥沥，但孟晚薇的心绪却异常欣忭。她四下环顾，云层与潺潺的溪涧争相奔腾不息，草木的芬芳被水滴搅得胡乱荡漾。

“青山皆入怀，果真是一个好地方。”孟晚薇称誉道。

“此处是一位国画艺术家的祖宅，早前被开发做成了民宿，不过不对外营业，只为民宿老板的亲近密友提供休闲便利，所以知之者甚少。”陈界准道，“如今这位前辈年事已高，欲落叶归根收回民宿的经营权，二十五号以后，这块地方便会重新恢复到私宅状态。”

“二十五号不就是明天吗？”

“正是。”陈界准道，“若非离别在即，也不会有这场刻意的相遇。”

二人走进一间提前预约好的茶室，窗外郁郁葱葱，一株苍劲的松柏近在眼前。

孟晚薇见山中雾气跌跌撞撞了好几公里，有庙宇的屋檐在其中若隐若现。她伸出食指在水汽氤氲的玻璃上写字，水路瞬间蜿蜒出一条小径。

“我恨生前未积缘，古佛青灯度流年。山中自有山中色，红尘百戏皆如烟。”陈界准从旁逐一诵读，语罢又道，“字是好字，只是词境凄美，不符合当下你侬我侬的场景，你得再换一首。”

孟晚薇莞尔一笑，又触指写下：“山似玉，玉如君，相看一笑温。”

“宝宝，你实在令人折服。”陈界准道，“你也教教我，如何才能将古诗词信手拈来？”

“天赋异禀。”孟晚薇露出孤傲的神情。

“虽然古诗词你比我略胜一筹，但在现代诗歌的造诣上，我也是不逊色于人的。”

“空口无凭。”

陈界准找出纸笔，即兴写道：

《小M》

小M不是
小小的梅子
或者，小小的梅花
当然也不是
小小的杨梅
或者，小小的腊梅

但小M确实不大
笑起来就像梅花
甜，腻
像含着一颗梅子，或杨梅
而不笑的时候
小M更像是一株

冬天里的腊梅

清霜，淡雪，难掩暗香

“那么小M到底是谁呢？”

“小M啊，她是个好姑娘啊！”

显而易见，小M即小孟。孟晚薇读罢，自是铭感五内。她将陈界准的笔墨折叠整齐放进包里，并且专横道：“这是我的。”

才艺比拼接近尾声，山色也初逢旷霁。一台长形木桌，两个人的午后。

陈界准问道：“想要喝点什么？”

“牛奶或者果汁。”孟晚薇回答。

“貌似只有咖啡和茶。”

“那么白水即可。”

“又余我一人饮茶。”陈界准合上食谱，诙谐道，“如果一个广东人问你要喝什么，潜台词就是问你要喝什么茶，假设你说不喝茶，那么这个广东人则生不如死。”

孟晚薇泯然一笑：“茶叶沉浮，大道自然，经岁月者才能从容会意，我天生醉茶，无力参悟，因此迷恋不了此中清逸。”

陈界准道：“清逸不过世俗之人仿仙家风骨，你只管享清福便是。”

茶水上桌后，陈界准盛情相邀："陈皮普洱甘醇温和，没有苦涩之味，而且这边的柑皮是专程从新会运过来的六十年的老陈皮，烹茶的水是就地取材的纯粹山泉，普洱的味道也是清香凛冽，你若是能品尝一口，也算是成全了它们一场。"

"你言尽于此，我如果再不识相，恐怕某些广东人会掀了这张桌台。"孟晚薇执起茶具，抿了一小口。

"人生幸事无外乎杯中有香茗，身畔有佳丽。"

"佳丽是你第几任女友？"

陈界准被一口茶呛到，咳嗽了好几嗓子才算舒坦。

"此佳丽非彼佳丽，不是人名，而是象征貌美的女子，结合语境释义，分明特指你啊。"陈界准道，"你是明知故问。"

"喝完茶我想去参观一下这座宅子。"

"我随时奉陪。"

雨后的阳光是一位不速之客，但也不多作停留。走廊角落的野花兀自地开，兀自地落，寂静的一生就过去了。老房子、老物件，这些是孟晚薇尤为偏爱的东西，它们神采奕奕地居住在时间里，谦让、忍耐、坚定。

逛完老宅后，二人路过民宿大厅，一群阿姨辈正在闺蜜聚会，且其中一人走向陈界准，拜托他为她们拍一张合照。

陈界准欣然应允，四下留影静物的孟晚薇瞟见陈界准僵硬地按着相机快门，她摇摇头，着实看不下去，便走上前夺过机器，或蹲或站地开启三百六十度的移动摄影。

“来，姐姐们，不要看我，不要摆拍，该干嘛干嘛，喝点东西，聊聊天，哎对，自然就是最好的状态，想想初恋的滋味，眼神不经意地掠过我的镜头，哎好，有故事感了，不记得初恋了？孩子都上中学了？那就聊聊孩子们的初恋，让镜头表情更加丰富一点，哎好，这个笑很漂亮很生动，开心对吧？开心就对了！人生得意须尽欢嘛！”

孟晚薇一边搭讪一边给阿姨们拍完了照片，结果好评如潮。她得意地望向陈界准，后者谦恭道：“我学到了。”

离开时，阿姨们纷纷过来言谢。并由衷道：“你们这小两口子站在一起真是一对佳偶天成的璧人，既使人养眼，又使人艳羡，祝福你们天长地久，诸事顺遂。”

陈界准一手揣进裤兜，一手拥着孟晚薇，喜眉笑目道：“感谢诸位姐姐，我和我的太太也祝愿你们康健无虞，欢喜常在。”

与众人告别后，孟晚薇掐了一把陈界准，道：“谁是你太太？不要脸。”

“相信我，这辈子你是躲不掉‘陈太太’这个头衔的。”

回到茶室，孟晚薇打开电脑查看股票行情走势，陈界准则拿起一本书，没有读完便靠在椅子上睡了过去。恬静的光阴就这样晃晃悠悠地被打发了。

傍晚，天光执笔，闲将胭脂醉彩霞。老宅的屋里屋外均开始掌灯，黑暗一时变得风姿绰约起来。

猛然间，孟晚薇被一阵烦嚣惊扰，她望向睁眼醒来的陈界准道:“外头可能在举行平安夜的活动。”

陈界准伸展了一番筋骨，轻描淡写道:“那我们出去看看吧。”

当二人迈出茶室的一瞬间，老宅的灯火不约而同地熄灭，孟晚薇紧张地抓住陈界准的手，与此同时，一道舞台演出光束打在了正前方，一位身着礼服的男士如痴如醉地吹奏着萨克斯踱步而出。

孟晚薇靠近陈界准的耳朵私语:“这里的圣诞晚会还挺隆重。”

昏暗中，孟晚薇没有在意陈界准匿笑的表情，直到冉甜与杜亨推着蛋糕车出现，她才恍然眼前的一切全部都是陈界准提前为她准备好的惊喜。

随着灯光的渐次展开，越来越多的人唱着“Happy Birthday to You ”向孟晚薇走来。

“宝宝，生日快乐。”陈界准宠溺地望着她道。

孟晚薇眼角湿润，转头埋进陈界准的胸膛，瓮声瓮气道:“谢谢。”

“不要哭，今天是应当欢乐的日子。”陈界准抚摸她的头，“走，我们去切蛋糕。”

冉甜为孟晚薇戴好生日帽，道:“我很高兴为你庆生，也为你的新生高兴，我没有能够带你走出阴霾，但是陈界准做到了，我现在的心情三言两语也说不清楚，总之，我希望你的快乐不止今日。”

孟晚薇的情绪被冉甜的一席话破防，她抱住好友，痛痛快快地哭了一场。

吹蜡烛之前，孟晚薇闭上眼睛默默许愿：“二零一九，有归舟亦有渡口。”闪烁的烛火映照着她清秀的面容，陈界准触目于她依稀可见的泪痕，心中暗忖：“长路迢遥，四季更迭，我将一直在你身边。”

觥筹交错的生日宴会结束后，助兴的老宅工作人员散去，四人返回茶室相聚。

“刚才人多不方便问你，现下快点告诉我，你到底许了什么愿望？”冉甜缠着孟晚薇道，“是不是祈祷与陈界准白头偕老？”

“不许告诉她，说出来的愿望就不灵了。”陈界准连忙道。

“看你这煞有介事的样子，是不是我的猜测正中陈总下怀？”冉甜对陈界准道。

孟晚薇双手平举当胸，装模作样道：“我希望新的一岁里，喜欢我的更喜欢我，不喜欢我的多向喜欢我的学习。”

“这是什么愿望，光听着就让人醋意大发。”陈界准五指并拢向上，对着四周合掌道，“各路神明切莫将此愿当真，孟晚薇有我一个人喜欢就够了。”

杜亨旁观三人取乐终了，便递给孟晚薇一个文件袋，道：“今天我搁置了手头的所有工作，只专程为你这份购房合同跑动。”

孟晚薇听得一头雾水。

“我看出来了，界准又没有提前告知于你。”杜亨随即转向陈界准问道，“你来说还是我来说？”

陈界准含笑做了一个“请继续”的手势。

“你租赁的那间预备做书店的房子，界准已经全款买下来了，新业主是你的名字。”杜亨对孟晚薇道。

冉甜啧叹一声，举起酒杯道：“此处必须为陈总的财大气粗干一个。”

陈界准依言照办。

“你疯了吗……”

孟晚薇的话音刚落，便被陈界准制止打断：“生日礼物，不必言谢。”

但孟晚薇仍旧不吐不快，她道：“我不全然将书店当作事业来打造的，说不定我是三天打鱼两天晒网，过段时间就会丧失兴趣，再者说了，租赁的房子做商业用途，我进退自如，你在这个节骨眼上购置买卖，房东必定会以为我非它不可，从而坐地起价，一方面不利于你的资金流动性，一方面我产生了巨大的人情压力，实在不是一个上上之举。”

陈界准摆摆手，然后醉眼迷离地指着她道：“孟晚薇，只要你要，只要我有。”

离开老宅时，孟晚薇同民宿老板话别：“二十五号歇业后，以后还会去别处再开吗？”

老板道：“应该永远不会再有这家店了。”

孟晚薇道：“真是遗憾，谢谢你的招待。”

老板道：“不客气，有缘再见。”

第十四章

迁居

孟晚薇与陈界准一起归家的画面让等候已久的温安一览无余。原来，温安本意借着孟晚薇的生日，欲同她当面道歉求和。平安夜当天，他发了许多条讯息，但孟晚薇都置若罔闻，于是，他固执地在孟晚薇的家门前蹲守。

三人相见，只有温安略显局促。他拿出一个包装精美的礼物盒子对孟晚薇道:“薇薇，虽然零点已过，但还是要祝你生日快乐。”

“谢谢，心意我领了。”孟晚薇婉拒道，“已经很晚了，你回吧。”

温安却执意要将手中之物硬塞给孟晚薇。

眼见来者不善，陈界准的醉意瞬间清醒了一大半，尽管已经猜出了八九分，但他依然箭步挡在孟晚薇的面前，睥睨着温安道:“你是什么人？”

“你又是什么人？”温安毫不示弱。

剑拔弩张的气氛迅速在楼道中升腾，孟晚薇轻扯陈界准的衣角，然后落落大方介绍道：“这位是温安，我的前男友。”

“哦？”陈界准不以为然，“既然身份敏感，那就不便邀你进屋小坐了。”

温安听闻孟晚薇对自己的关系定义，眼神顷刻间溢满了灰暗的色泽。他以讥讽的口吻道：“我还以为你是长情之人，没想到这么快就寻了新欢。”

陈界准面色冷峻道：“对我的女人说话，你最好放尊重一点。”

“你算什么东西？不过是我的接盘侠罢了！”

陈界准抡起拳头朝温安的下颚砸了过去。

嘴角淌血的温安被愤怒与毁灭之情掌控，他正欲还击，孟晚薇遽然冲到二人中间，阻拦温安的蓄势待发道：“他动手是他不对，我替他向你道歉！可是，我寻新欢也好，孤老终身也好，都是我的事情，与你无关。过去的始末原由我不在此赘述了，相信你心中有数，即使情意已逝，但是情分犹存，我认为彼此之间应当保留一些体面。山高水长，感恩遇见，各自安好，余生勿念。温安，谢谢你今日前来祝福，现在请你离开。”

孟晚薇的不卑不亢让温安心灰意冷，他发狠般指向陈界准，又深深地凝视了孟晚薇一眼，最后转身离去。

二人进到屋内，孟晚薇对陈界准道：“他心中不快，吐槽几句便罢了，我不会在意的，你又何必与他一般见识。”

“他冲我来没问题，但是他指桑骂槐，拐弯抹角地侮辱你，这点恕我无法容忍。”

“打架斗殴是违法的，下次不能再这样冲动。”孟晚薇长吁一口气，握住他的手端详，“下手够狠，痛不痛？”

“你在心疼我。”

“你可以严肃一点吗？”

“好，我严肃一点。”陈界准道，“明日我会叫人收拾好一套公寓，我希望你能立刻搬过去住，因为这间屋子，温安可以随时过来打搅，我不希望他再给你、给我们带来任何困扰。”

“我答应你。”

深夜，警察上门，以接到温安报案为由，要求陈界准前往派出所配合治安案件的调查。

“你先休息，我去去就回。”陈界准对着忧心忡忡的孟晚薇道。

一行人离开后，正在高枕而卧的杜亨和冉甜相继接到孟晚薇的哭诉来电。

翌日，杜亨带着律师将陈界准保释接出，但“新兴市场投资教父冲冠一怒为红颜”的花边新闻也随之登上了深圳市的头版头条。

孟晚薇见到陈界准的身影，不禁欲语泪先流。

陈界准不顾众目睽睽，径直将她拥入怀中：“对不起，让你担心了。”

搬家行李打点妥当，司机载着陈界准与孟晚薇抵达一幢地标级的超级公寓。电梯直接入户后，孟晚薇触目皆是酷炫黑与木色包裹的极简澄寂空间。

“我从前竟不知你会对暗黑风格情有独钟。”

“那你以为如何？标配全套红木家具吗？”

孟晚薇愉快道:“在广东人的眼里，这倒是个不会出错的选项。”

“你是这里的女主人，你拥有改造它的绝对权利。”

“我选择维持原状。”

孟晚薇站在一块巨型落地玻璃前，视野之下除却层次分明的高楼林立，绵延曲折的海岸线也在遥远的尽头与天际线交汇。

忽然，一只壁虎麻利地从厚重的窗帘中钻出，将自己运送到天花板上滞待。孟晚薇恰好目睹了这个突兀的过程，她惊慌失措，连忙抓住陈界准的手臂大喊:“有蛇！”

陈界准揽住她，四下张望了一番，未等抬头，孟晚薇便急切地指着一面墙道:“在那里！”

壁虎约摸被孟晚薇的高分贝震慑到了，又敏捷地往前移动了几步。

陈界准宽慰道:“不怕不怕，那是壁虎。”

“它有没有毒？它会不会掉下来？它咬人吗？”孟晚薇发出连环拷问。

“壁虎本身没有毒性，只是它的尿液微毒。”陈界准笑道，“儿时屋宅总有壁虎出现，父母从来都不许我欺负它们，因为壁虎是益虫，专吃蚊子，不会伤人，风水讲究上它也是兴家旺宅的。”

“这样说来，它是好的。”孟晚薇的情绪渐渐平复下来。

“对啊，你看，你刚回家就遇见了它，是不是一个好兆头？”

“是……”孟晚薇犹疑道，“可是，我们真的不用赶它走吗？”

“随它去吧。”陈界准道，“通常而言，壁虎在一所房子里消灭完蚊子，会再去往下一所房子履行使命，再告诉你一个秘密，杜亨小时候特别喜欢捉壁虎玩，他经常背着长辈将壁虎的尾巴弄断，壁虎的尾巴断掉之后还会在地上不停地动弹。”

“是吗？我怎么不晓得壁虎还有这么神奇的功能？”

陈界准喜笑颜开：“你都将壁虎唤作了蛇，还指望能有多了解它。”

孟晚薇低头用手机网页搜索壁虎的相关讯息，少时，她同陈界准雀跃道：“我有查到壁虎的寓意解说，它真的是个吉祥物哎！不仅庇护家主，而且还会旺财！我们太幸运了！”

陈界准望着孟晚薇欣喜的模样，道：“宝宝，你跟我来。”语罢，他执起她的手，行至一处宽阔开放的衣帽间，一整排罗列齐整的爱马仕包包挺立在烟熏色的透明柜体中。

“这些是送给你的乔迁之礼，我觉得你会喜欢。”陈界准道，“只因时间仓促，所以我的准备还不够充分，原本我是打算将整座柜子用不同品牌的包包填满，那样才足够震撼，那样才会让你一生一世都难以忘怀。”

“请不要一次性买断女人的爱好，让我自己慢慢积攒期待好吗？”

“不好，我欠你的，我会悉数补齐。”

“七哥，我所有的何其荣幸。”孟晚薇拥抱他。

入夜，二人在全景吧台前落座。

“这幢大楼占据了深圳最好的景观资源，从上往下看，足以使我扮演一个人间观察员。”孟晚薇道，“人民币的力量是无穷的，高端的居住体验往往是权贵与财富的象征，饱览稀缺风光的同时也让众生俯首。”

“僧多粥少。”陈界准饮了一口威士忌道，“众所周知，人生发财靠康波，可是甚少有人通晓康波周期的客观规律。人人都想一夜暴富，实现阶级跨越，然而现实却是，透彻财富规律的人才能获得优质资源。钱是一种能量守恒，喜欢什么就去买，因为钱只有在花出去的时候才叫做钱。”

“你倒是毫不避讳。”

“当然，如果一个男人连钱都不愿意摊开来谈，他一定不爱你。”

“投资教父是在向我灌输金钱理念吗？”

“我是在教你如何辨别男人对待爱情的真伪。”陈界准道，“既然谈到了此处，那我不妨直言。男人挣钱只愿意无条件地给自己在乎的人，分享劳动成果是他们表达爱的最直接的方式。男人的心里，永远有一杆秤在衡量左右。真正爱一个人的时候，他会不计较得失地付出；相反，如果他只是玩弄一段感情，到了心理上限，就会原形毕露。”

“以上观点是围炉闲话，还是道德标准？”

“一千个读者，就有一千个哈姆雷特。”

“分析得这样透彻，不怕我学以致用拿来对付你吗？”

“不怕，万一有一天我不在了，没有办法在你身边降妖除魔，至少你还能够拥有火眼金睛立世。”

孟晚薇假装将视线移至天边光彩熠熠的月色上头，忍住了眼泪的波澜。

“我想让你陪我去挑一株仿真树代替诺贝松，我们可以将它装饰得唯美又梦幻，这样，圣诞的氛围会在万物凋零之后持续延续。”孟晚薇道，“再过不久，新年、焰火以及冬雪都会如约而至，七哥，我总是保持期待，因为，我喜欢世界陷入短暂的狂欢。”

第十五章
聚会

闻知孟晚薇迁居妥当，冉甜叫嚷着要参观豪宅。孟晚薇准备了一桌菜肴，邀请冉甜与杜亨一同前来。

“你现在比我富有。”冉甜一进门便喋喋不休，“顶级公寓的五十二层，五百二十个平方，细微之处见真章，陈界准可是为你花了不止一点心思。”

“陈太太，苟富贵，勿相忘。”杜亨接着道。

孟晚薇自嘲道：“你二位何必对着一只寄居蟹恭维奉承。”

“这是什么混账自谓？掌嘴。”陈界准抬起孟晚薇的脸，一个迅雷不及掩耳的亲吻落上了她的唇。

杜亨、冉甜二人在旁热烈起哄。

孟晚薇怔怔地瞪着陈界准，霎时间脸色羞红。

“我不许你妄自菲薄。”陈界准一脸痞坏道，“下不为例。”

“我过厨房拿餐具。”孟晚薇不置可否，借口逃离现场。

“我陪你同去。”冉甜笑眯眯地挽住她。

远离两位男士后，冉甜对孟晚薇道：“刚才你那副小媳妇的做派，真是我见犹怜。”

“你敢取笑我。”孟晚薇打开龙头，伸手触水撣向冉甜。

“动不动就暴力袭击！你听我把话说完！”冉甜一边躲闪一边道，“我的意思是，看到你与陈界准其乐融融，我由衷地为你们欢喜。”

孟晚薇暂停攻击行为，道：“近日你的嘴巴好似抹了蜜，上回生日宴会才将我惹至失态，现在又想故伎重演吗？”

“我是认真的。”冉甜道，“还记得当初你因温安之事酩酊大醉，仿佛将一切苦厄都灌进了内里，那次你乱按房门电子密码直到系统锁死，在小区连吐了三次，期间要不是一位外国女生路过前来帮忙，我拖都拖不动你。”

“是，我本身讨厌酒，也极少沾染，那回醉酒的确是刻骨铭心。”孟晚薇释然道。

“你清醒之后，在朋友圈发了一条状态，虽然很快删除了，但是我有截图保存。”冉甜作势要翻旧账。

“你不要揭我的短。”孟晚薇试图抢夺她的手机。

冉甜不依，找出截图抑扬顿挫地朗读道："人总是拥有自愈的能力的，尽管这个过程犹如钻燧取火，笨拙、原始、又缓慢，但是相比不堪一击而言，坚韧才是黑白人生里的一盏油灯。"

"为赋新词强说愁，真是令人汗颜。"

"我旧事重提，不是为了扫兴。"冉甜正色道，"你写的顿悟很有道理，但是我不希望你再产生类似的体会，因为体会越深刻，就代表着你过得越不好。晚薇，可能我最后的这句话略显庸俗，但是在我心底，你真的、真的值得所有闪耀的幸福。"

孟晚薇如鲠在喉，大颗的泪珠滚滚而下，她呜咽道："姓冉的，我哭了，这下你如愿以偿了。"

席间，四人杯酒言欢，话题渐次引至孟晚薇与冉甜的大学趣闻上。

冉甜道："要说没齿难忘，肯定非张学睿莫属。"

杜亨道："这个名字一听便知是雄性，快快从实招来，他与你是什么关系？"

冉甜故意卖关子，嬉皮笑脸地避而不语。

杜亨夺过冉甜的刀叉，道："今日定要讲出个子丑寅卯来，否则你只能看着我们用餐。"

"你不会以为陈总家中刚好就四副餐具吧？"冉甜道，"难道我不会再去重新拿一副刀叉吗？"

陈界准道："实在抱歉，寒舍当真只有四副餐具，让冉总见笑了。”

孟晚薇被三人的一唱一和逗笑，她开口解释道：“张学睿是教我们马克思主义哲学的大课老师，他对学生的管教十分严厉，头一天上课，就给我们来了一大堆的下马威。”

“正是正是，我来给你们学一下啊！”冉甜起身离座，绘声绘色地模仿道：“在这个班里，我就是天王老子！得罪老子，期末考试保证让你五十九分！凡是被老子逮着挂科了的，不要指望找谁去求情，也不要提着两箱牛奶假装上我们家来做客，老子这个人刀枪不入，无欲无求！我寻思着你们现在刚进来，大多数还没处对象，等到大二的时候，那些处对象的最好给老子分开坐远了！你们别以为老子看不出哪些人是在处对象，告诉你们，同学看你的眼神和恋人看你的眼神是完全不一样的！最后再强调三点：第一，上老子的课不准让手机见光；第二，不准比老子晚进教室；第三，女学生不准穿着暴露，老子受不了你们这帮九五后，原因就俩字儿：惧内！”

冉甜的精彩演绎让几人笑不可抑。

孟晚薇好不容易才囫囵出一句完整的话，她提示道：“还有那段主子奴才的语录，你也一并效仿一下。”

冉甜继续活灵活现道：“老子明白地告诉你们，不要跟老子玩花样！老子当年在北体念本科的时候，整天就研究怎么对付老师！后来去北大念马哲研究生，还是在琢磨怎么对付老师！你们记住一句话：当奴才做了主子的时候，就会比原来的主子更加心狠手辣！”

语罢，冉甜如释重负地落座道：“不行了，我要喝口水润润嗓子，这群情激昂的，也难怪张老师当初讲课一手一个保温杯。”

杜亨为她斟茶：“学得不错，青出于蓝而胜于蓝，你们张老师见了定会满意。”

“满意个鬼！”冉甜将茶一饮而尽，道，“他若是知晓此情此景，非扒掉我三层皮不可！”

杜亨、冉甜告辞后，物业管家带着钟点工上门收拾狼藉的杯盘。待旁者纷纷散去，孟晚薇与陈界准窝在影音室看一部电影。

剧中情节沉重之际，孟晚薇慨叹道：“我不是一个会循规蹈矩过一生的人，就算生活终将归于平淡，我也要在有限的生命里，过无限广大的日子。”

陈界准凝睇她一眼：“真巧，刚好我也是这样的人。”

“你与我真是气味相投、心心相印。”孟晚薇话锋一转道，“那你现在想不想搞一顿小龙虾尝尝？”

“你想吃夜宵直说，犯不着绞尽脑汁拐上这么大一个弯子。”陈界准勾手刮她的鼻梁，“刚才聚会时不好好吃饭，现在打算倚靠垃圾食品长命百岁吗？”

“我猜到你会有这样一番说教，所以才会出现开头的铺垫。”孟晚薇轻哼一声道，“我想吃什么就吃什么，等会儿我还要吃薯片喝可乐！我想干嘛就干嘛，不想干嘛就不干嘛！”

陈界准道：“宝宝，你不能这样，这样是不……”

“就比方说我想爱你就爱你，不想爱你就……哎？我是不是讲顺口了？”孟晚薇露出贼兮兮的笑靥。

“我就知道，我怎么摊上你这么个……”

“美人？”

“抢答正确。”

外卖麻辣小龙虾送达后，孟晚薇兴奋地撸起袖子相邀陈界准一起开动。

陈界准陪同她落座，一边剥虾一边道：“给你讲一个真实的故事，前年一场百年难遇的超级台风席卷广东，引起了众多市民的惶恐，在台风登陆之前，大家纷纷冲向超市囤粮抢购，各大超市的食品货架几乎都被一扫而空，但是这当中唯有辣椒无人问津，任由它们孤零零地躺在蔬菜区，在广东人民的眼里，仿佛买了一个辣椒，就会被开除省籍。”

“广东人不吃辣我是晓得的。”孟晚薇笑道，“我曾经软硬兼施，诱拐冉甜陪我吃四川火锅，结果一个微辣就让她喝掉六瓶凉茶。”

陈界准将剥好的虾肉递给她，半正经半玩笑道：“四川微辣的标准对于广东人而言，恐怕要将‘微弱’的‘微’改成‘危险’的‘危’，一口下去，可是要出人命的！”

“有这么夸张吗？我看你吃辣的水平还可以呀，上回不是还专程带我打卡过网红川菜馆吗？”

陈界准轻柔地道出实情：“我那是为了迎合你的口味，舍命陪君子。”

“太遗憾了。”孟晚薇幸灾乐祸，“没有辣椒的食物等同于没有灵魂。”语罢，她又感叹道：“我发觉你与朋友聊天是一种语气，接打工作电话又是另外一种语气，同我讲话的时候与前两种的语气状态完全又不一样，请问你是怎么做到切换自如的？”

陈界准笑着反问道：“我同你讲话是怎样的语气？”

“超级温柔，简直判若三人。”

“那你是没有见过我在公司咄咄逼人的时候。”

“我以为你谈恋爱以后会本相毕露，没想到现在依然还是那么绅士体贴。”

“我不是那种表里不一的人，也不会因为时间的递进而消磨对你的偏爱。”

第十六章

关于小区的邂逅

和往常并没有什么不同，早晨醒来，看同样的一片海。云层被霞光刺穿，罢黜无限愁容。绮丽浓墨重彩，仿若一件釉色绝伦的钧瓷。海水自是得其恩赏，光霁之下，裹上了一张金灿灿的罗衾。少时，波云诡谲，光影变幻。该着晦暗，海面开始泛起了灰蓝。

孟晚薇醒来时，陈界准已不在卧榻，但床头放有一杯温度适中的柠檬水，她感怀于他的眷注，自然而然地端起水杯。

窗外的海域里有船，孟晚薇喝几口水的功夫，它便悄然到了直线的另一端。

此刻，陈界准正坐在书房内闭目养神，他的电脑前堆着一大沓纸质项目文件。

孟晚薇放轻脚步，从水杯捏出一小块柠檬片送到陈界准的唇边，后者眼睛微闭，嘴巴反倒先张开来。

“你也不睁眼瞧瞧是什么人喂你吃的，小心有毒！”孟晚薇颇觉好笑。

“除了我的宝宝，谁还敢这么贴心服侍？”陈界准眉眼俱笑，顺势将孟晚薇拉入怀中。

“装睡就该拖出去枪毙五分钟。”孟晚薇靠在他的肩膀上，“你看外面景色，沉甸甸的，天要塌了。”

“好啊，天塌了我们还在一起。”陈界准握住她的手，放在自己的手心窝里。

“天塌了我们会被压扁。”

“怕什么，有你的吨位护体，远不会沦落至此。”

“你最好马上换一种说法。”孟晚薇挺直腰杆瞪着他。

陈界准见她气急败坏的样子，低低笑出了声：“好了好了，我承认是我嘴拙。”

陈界准抚着她的头发，如同抚着一只无限乖巧的小猫。他静静地享受着这般安宁的晨光。

孟晚薇又道：“七哥，你说外面那些格子间里的人现在在做什么？”

“不是在预备为生计奔波，就是奔波在为生计的路上。”

“‘生计’这个词显得索然无味，难道不可以是为了价值、热爱、理想之类的吗？”

“嗯……说不定就像你说的这样，但是无论为了什么，当事人都会很辛苦。”

“为什么？或许他们是带着愉悦的心情朝着目标前进的。”

“在获得为数不多的成功之前，砥砺的过程不会有太多的乐趣，即便是有，身处其中久了也会变得麻木。”

“你现在不愉悦吗？”孟晚薇感知到他的情绪异常。

“当然不是……”陈界准话到嘴边又咽了下去，他不想让孟晚薇负担自己的工作压力。

“七哥，你看阴阳太极此消彼长，枯木逢春历尽秋霜。人生的路多的是不平坦，在你紧握我的手的同时我会更用力地握紧你的手，爱就是互相扶持，跌跌撞撞地走向未来。”孟晚薇明白他的欲言又止，她的眼里闪烁着诚恳，“毋庸赘言，休戚与共。”

陈界准默默地抿了抿嘴唇，将感动之情藏于心间。他偏着头望她，柔声道：“谢谢，有你在我身边叽叽喳喳，我便很愉悦。”

“可是我总觉得我的话太多了。”

“那怎么办？要不要拿胶布封起来？”

“不可以，我会憋死的。”孟晚薇掰着手指头盘算道，“其一，我还没有举办婚礼；其二，我还没有生儿育女；其三，我还没有看到祖国统一。所以，我怎么能够英年早逝呢？”

“年纪不大，讲起话来却一套一套的。”

“你摸着我的胸口问问自己，是不是这个道理？”

陈界准将手伸进她的衣内游走，坏笑道:“这可是你自己说的。”

“是我口误将主语、宾语混淆了，我的意思是让你扪心自问! ”感受到躁热来袭，孟晚薇连连解释道。

“宝宝，你期待的任何……我都会逐一帮你实现。”此时，陈界准已经听不进去任何分辩，他用舌尖撬开她的牙关，孟晚薇配合地闭上了双眼……

临出门前，陈界准道:“今夜有应酬，我会晚点回家，你记得按时吃饭。”

股票收市后，孟晚薇下楼散步。尽管这幢公寓位列寸土寸金的深圳市中心，但是小区内部的园林设计依山傍水，绿化面积高达百分之七十。

孟晚薇活动了将近半个钟头后，决定启程归家。她走进公寓大堂，发现一个约莫七八岁的女童正在门禁处徘徊。

孟晚薇打量了她一眼，随即上前刷卡。不料，对方竟然主动攀谈道:“我忘记带卡了。”

孟晚薇道:“我的房卡没有权限抵达你的楼层。”

女童胡乱按了一通手机，道:“妈妈没有接电话。”她口齿不清，要竖耳细听才能够分明。

孟晚薇的心中顿时了然了几分，她猜想，女童大抵是有智力方面的障碍。于是她邀约道:“你可以跟我一起进到内堂，坐在公共沙发上等待家人，或者我帮你联系物业管家，让工作人员带你去找妈妈。”

女童的眼神空洞，她犹犹豫豫地拒绝了孟晚薇的提议，然后一步三回头地离开了。

回到家中，孟晚薇练了一会儿钢琴，但她因挂怀偶遇而心神不宁，连续弹错了好几个关键的音节。孟晚薇当机立断，重新返回楼下查看。

大堂早已不见女童的踪迹，孟晚薇疾步走了一段路，最终在一座喷泉池子旁寻到她的身影。

孟晚薇上前问道："妈妈还没有接电话吗？"

女童答道："姐姐，我的手机没有信号了。"

孟晚薇正欲接过她的手机操作，突然，手机上显示了来电，但女童马上按键挂断，然后对着孟晚薇焦急重复道："姐姐你看，我的手机没有信号了。"

孟晚薇果断夺过她的手机，随机按下电话簿中的一个号码，接听成功后，孟晚薇道："请问你是孩子的家人吗？我是孩子的邻居，她似乎找不到回家的路，请马上来公寓一楼大堂接人。"

一个不耐烦的女声传来："哎呀，这个囡囡真麻烦，我不是她的妈妈，我是她的舅妈，阿拉在上海哩，怎么打到这里来了。"

孟晚薇不被对方的情绪裹挟，直截说明需求："烦请你联系一下她的妈妈，我们在一楼大堂等。"

挂断电话，孟晚薇带着女童往大堂方向走。途中，后者突然道："姐姐，我想吃糖。"

这句话孟晚薇听得真切，但她拒绝道:“第一，我没有糖；第二，你不能随便吃陌生人的东西，否则会有危险，记住了吗？”

女童木然地点点头。

孟晚薇又询问道:“你确定你的家在这栋楼吗？”

女童露出欣喜的表情，指向建筑道:“是的，我的家在上面高高的地方。”

刚行至内堂，一阵遑急的呼喊伴着回音响起:“希希？希希！”

虽不见其人，但先闻其声。孟晚薇赶忙询问跟随者:“你是不是叫希希？”

女童忙不迭地点头。

少间，一位黑衣摩登女郎出现在二人面前，来者妆容精致，傲气十足，指间夹了一根燃烧了一半的香烟。

六目相对后，黑衣女郎慵懒地将烟头掐灭。

孟晚薇率先开口道:“请问你是希希的妈妈吗？”

“正是。”黑衣女郎道,“请问你是在哪里遇见她的？”

孟晚薇言简意赅。

听罢，黑衣女郎的傲气剧减了几分，并且对孟晚薇再三言谢。临走时，又突发其问:“你觉得希希同你讲话清楚吗？”

孟晚薇明显感受到对方隐匿的尴尬却又充满希冀的情感，于是她中肯道:“希希今日的表达没有太大问题，但是你们当大人的要多上心一点。”

黑衣女郎露出宽慰的神情，正在此时，一个熟悉的身影忽然从拐角处冲出，竟然是梁若妤！只见她大喘着粗气对黑衣女郎道：“何姐，对不起，是我没有看好希希！”

黑衣女郎面色阴霾，没有作任何回应，反而转向孟晚薇道：“方便留下联系方式吗？改日得空我想感谢报答。”

“举手之劳，不必客气。”

孟晚薇欲告辞离开，却被梁若妤一眼认出，她睁大了瞳孔，下意识地问道：“孟晚薇？你怎么在这里？”

“路过。”孟晚薇置之一笑，随即同希希道别。

希希朝她挥手，依旧含糊不清道：“姐姐再见。”

站在屋中阳台，大风呼啸，正是万家灯火时，夜空既黑暗又明亮。孟晚薇忖度了好几种梁若妤出现在此的理由，依照情景对话分析，她在很大程度上像是希希的保姆，抑或是家教？梁若婕曾经提及过梁若妤的职业，说不定她是前来为业主做室内设计……

孟晚薇左思右想不得其解，于是及时从对梁若妤的关注上抽离。她的脑海又浮现出希希的幼稚举止，忽然感怀：人生若是一则童话该有多好，如此，正义的力量终将打败所有的恶魔，城市之下，温柔又圆满。

陈界准直至后半夜才姗姗而归，一身烟酒味将衬衫熏透。

孟晚薇见状，连忙上前搀扶，关切道：“喝了许多酒

吗？”

走路已然头重脚轻的陈界准逞强道：“没有喝醉。”

孟晚薇又好气又好笑：“我以为你今晚不回家了。”

“宝宝，我知道你在等我，无论多晚我都会回家的。”

“要不要喝点热牛奶？”孟晚薇心软。

陈界准以撒娇的口吻道：“我还想吃你零食柜里的小饼干。”

被罚站着吃东西，见孟晚薇只拿出少量的小饼干，陈界准一改平日的温文尔雅，瞪眼惊呼道：“Shit！怎么只有区区四块？”

孟晚薇斜他一眼：“你骂谁？”

陈界准敏捷道：“骂小饼干。”

“喜欢棉被还是喜欢毛毯？”

“宝宝，这么晚了，你要出去购物吗？”

“不，等会儿你睡浴缸用得着。”

第十七章
瑞士之行

年末，孟晚薇与陈界准的首次旅行正式开启。

出发前，陈界准提醒她道:“证件全部带齐了吗?”

“当然，都在钱包里放好了。”孟晚薇道。

于是，陈界准推着两个银色Rimowa行李箱下楼，孟晚薇轻装简从地跟随其后。

至车库，司机正站在一辆四座雷尔法车前等候，见到二人身影，连连大步流星地上前迎接，并笑容可掬地同孟晚薇打招呼:“孟小姐好。”

“你好呀，阮先生。”孟晚薇应礼道。

趁着司机放置行李的空隙，孟晚薇同陈界准欢悦道:“这是我们的第一次旅行!”

“也是我们第一次一起出境。”陈界准顺势摸了摸她的头。

司机意欲前来关闭车门，却正好撞见了二人亲昵的一幕，于是退回原地不作打扰。

孟晚薇将第三者的举动尽收眼底，她对着陈界准凤眼圆睁道:“好好说话，不许动手动脚。”

“是，遵命。”陈界准轻捏她的脸颊道。

深圳的植被常年茂盛，向着若隐若现的海平面，朱实离离。汽车行驶在蜿蜒的沿海公路上，阳光穿过枝桠的荣华，斑驳于地，谨慎又俏皮。

孟晚薇凝神着眼前不断掠过的风和日丽，虽缄口不语，但内心是尤为安详与丰盈的。关于南方的这片海域，她已然是谙熟于心了的，但她却不知这途经的树叶里，哪一片蕴藏着大海的秘密。

陈界准见孟晚薇侧目出神，便凑近她的耳廓道:“草木菁菁，山海不及你在心底。”

孟晚薇低眉垂眼，将陈界准推开。车载音箱响起黄秋生的《偶然》，她伺机抓住话题对司机道:“阮先生，这首歌多情又忧郁，你的品味真好，我以前从来没有听过。”

“这是黄秋生唱的啦。”司机操着一口极具特色的广东普通话道，“平常老板中意听什么，我们就跟着听什么，耳濡目染。”

“黄秋生不是演员吗？”

陈界准笑答:“其实黄秋生不光演技精湛，他也有出过唱片专辑，只不过他的歌曲被演员的光环掩盖了，所以显得小众。”

“难怪他的声线这么有魅力。”

“我们老板的眼光绝对不会出错啦。”司机又道。

见孟晚薇暗暗嗤笑，陈界准料中她的心思，道：“你猜阮先生是哪里人？”

“这还用猜咩？一定系广东人啦。”孟晚薇用半生不熟的粤语答道。

“广东何处？”

“广东这么大，让我怎么猜？总不能把每个市的名字都复述一遍吧！”

“倒也不失为一个稚拙的好办法。”

司机笑道：“孟小姐，我来提示你啦，我的老家是在一个盛产土匪的地方。”

孟晚薇迷惑道：“我只晓得东北与湘西盛产土匪，广东的土匪倒是知之甚少。”

陈界准一语道破：“阮先生是陆丰人。”

“我记起来了！”孟晚薇道，“传闻陆丰民风彪悍，江湖上素有‘天上雷公，地下海陆丰’一说。”

“Bingo！”陈界准道，“但是你肯定不知道还有下一句，叫做‘想过惠东，要请孙悟空。’”

孟晚薇兴致盎然，联想到从前新闻报导过的陆丰扫毒案，不禁同司机打趣道：“阮先生，请问你是黑社会吗？打群架我可以找你吗？”

司机稍作沉吟，接着严肃道：“可以，你大概要多少人？”

抵达机场后，一桩突发事件来袭——孟晚薇从随身行李中翻找证件未果。

“我可能忘记带护照了。”孟晚薇颓然道。

“不着急，再仔细找找。”陈界准道，“出门前我问过你，你说放在钱包里了。”

“是，放在钱包里没错，可是，我好像把钱包搁在玄关柜上，忘记拿了。”孟晚薇的泪水在眼眶里打转。

“这下好了，开开心心来到机场，欢乐不过三秒。”陈界准忍俊不禁，故意仿照孟晚薇先前的语气道，“这是我们的第一次旅行！”

“这个时候你还讲风凉话！”孟晚薇拖着哭腔道，后一秒，委屈与懊恼的眼泪扑簌而落。

陈界准赶忙歉意道：“对不起，都怪我不好，当时我应该多嘱咐你一句的，我现在马上打电话让司机回家取钱包。”

“我们赶不上航班了……我们赶不上跨年了……”一想到旅行计划被自己的粗枝大叶打乱，孟晚薇越发伤怀，眼看就要嚎啕痛哭。

“你再哭下去，旁人还以为我怎么欺负你了，等会儿警察同志又将我请去喝茶，实在是得不偿失。”陈界准拥她入怀，“放心，飞机会等我们的，你会如期抵达卢塞恩对着琉森湖呐喊跨年倒计时，宝宝，我忘记告诉你，我们不是订的普通舱位，我们是包机。”

顺利登机后，孟晚薇向陈界准发号施令：“你坐左边，我坐右边。”

“了解，你坐左边会晕车、晕船、晕机。”陈界准照办。

“咦？你如何得知？”

“我知晓你的一切。”

“是吗？那么请陈总回答一下，我头上总共有多少根头发？”

“十万根。”

“错。”

“还请孟总公布正确答案。”

“陈总颇具推诿了事的嫌疑。”孟晚薇一时语塞，脑子转了一大圈也无果，于是便耍赖道，“具体数量我也不明了，反正有很多很多根就是了。”

陈界准失笑，喝了一口Chateldon气泡水，道：“既然如此，你便不能否定我的答案。”

“你强词夺理。”孟晚薇撅嘴道，“我不服。”

“不服？来打架啊！”

孟晚薇刚作势握紧拳头，陈界准话锋一转道：“床头打架床尾和，你可别动真格，我怕！”

结束贫嘴后，孟晚薇透过飞机舷窗，将思绪扔进了形态万千的云层里。触目所及的景象壮阔且诗意。机翼下方是一片白茫茫的云海，而上空却如一块巨大的湛蓝布帛。金色的阳光普照四方，将悬空漂浮着的小云块也通通染成了金色。厚积的云朵与蓝天的交际处，最底层是橙黄，其次为橘黄，再次演变成橘红，然后是鹅黄，最后到金黄，整幅画面如同被美术大师用水粉逐次铺上了绚烂。随着时间的推移，太阳像是得到某种指令，不紧不慢地从浑圆落到半圆，最后隐而不见。周围的缤纷也因着落日的归途渐渐趋向同一种红色，整个天际都被映照得红光满面。到底是天幕降至，黑夜即将吞噬白昼，于是，转瞬之间，所有的红色化作成了一丝一缕的黑烟飘飘荡荡。在太阳西落的上空，孟晚薇看见一片巨大的云彩，形如凤凰于飞。

不多时，她感到眼皮困倦，接着便沉沉睡去。在梦里，她坠入到了一个遥远陌生的时空，一个冗长、完整而又清晰的梦境正徐徐而来……

故事发生在清朝乾隆年间，地点是歙州婺源。

春色三分，宅子里只孟晚薇一人踱步，如流苏般的五彩霞光垂在晚空中，她的影子被夕照拖得长而单薄。秉烛待旦的时间里，孟晚薇细致地将年岁又加了一筹，他依旧多日未归——对于成年男子，经商是徽州人的第一等营生。孟晚薇紧闭双唇，将思念死死缄默。

忘了是何时嫁入这间宅子里的，在此之前，宅中已经先住下了一房姨太太，老祖母所定。即便长辈之举不得他的欢心，却因着孝道不得不顺从其意。再后来，他与孟晚薇鹣鲽情深，奈何家业需要外出经营打拼，离别便成了不稀罕的事情。

这是一个徽商发展的黄金时代，他一心想着给予她富足、安稳的生活，单单忽略了陪伴才是最长情的告白。他将孟晚薇托付给一位与他要好的外姓兄弟照顾，年经月久，外姓兄弟见证了孟晚薇虔诚而又隐忍的漫长等待，渐渐地，看她时的眼神从最初的明净如月，悄无声息地变化成灼灼似火。

又是一年元宵节至，姨太太一大早便陪同老祖母去庙里烧香拜佛，孟晚薇向来离群索居，便独自待在书房为他遥写家书。夜晚的婺源张灯结彩、热闹非凡，磨不过外姓兄弟要带她去河畔赏灯的兴致勃勃，于是便有了游玩中“我会一直守护你”的纯粹直白。孟晚薇呆呆地望着外姓兄弟，他的书生气质浓郁，与她夫君的刚毅棱角全然不同。日复一日的朝夕相伴，外姓兄弟的情真意切，她并非愚昧无知，她在心底是感激他的，抑或也曾有过依赖……孟晚薇不敢再往下思忖，刹那间她甚至有些忿恨她朝思暮想的夫君——为何陪在身边共赏花灯的不是他?

熙来攘往的人群中，孟晚薇与外姓兄弟的身影定格在斑驳陆离的灯光下，他试着触碰她的手，冰凉。他道:“我带你走，离开这里的灰白与无望。”

“真是一句诱人的话。”孟晚薇暗忖，与此同时，周遭突然万籁俱寂，须臾，在外姓兄弟淡漠的眼神中，她猛然听到身后传来一个再熟悉不过的声音。

孟晚薇回过神来，迅速抽离被外姓兄弟握住的手。她转过身，先是笑，再是流泪。他回来了！一身镶金丝青布纹花衣衫临风而立，面上是一副疲惫至极又失望至极的模样。

“我丢下身后的一切繁琐匆匆而归，只为能陪你过一个团圆节，怎料会撞见这样一场不堪。”他笑意轻浅，声音依然是对她不曾变迁的温柔，但如今却混杂着一丝沙哑，继续道，“你自己选择罢。”

静默的三人世界里，孟晚薇迈开步伐，缓慢而坚定地行向她的夫君。

“你从来都不是我的选择，你是我的命中注定。”她对着日日夜夜望眼欲穿的他道。

“等等。”是外姓兄弟哽咽的声音。孟晚薇的心猝然揪成一团乱麻，她不知这酸楚的感觉从何而来，她不敢回头，她害怕窥见他的落寞。

孟晚薇夷由地停下脚步，骤然间泪如雨下。外姓兄弟大步行至她的身侧，以微薄之唇轻覆她的额头，然后重新拉起她的手，但这一次是将她交付于她的夫君手中。

像是被无数的强光折射，孟晚薇的大脑一片空白。自此之后，外姓兄弟再也没有在宅子里出现过。孟晚薇不知道的是，当日她与夫君离开之际，他已对随从暗暗使了眼色，意欲将外姓兄弟斩草除根，不留一丝余地。

岁月荏苒，因商行故，他决定离开婺源，举家迁往绩溪。

孟晚薇的记忆里出现一条湍急又浑黄的大江，江上有无数艘帆樯如云的商船。他屏退了随行的一干家仆，亦罔顾姨太太妒火中烧的目光，只他一人陪着身怀六甲的她行船登岸。

于绩溪落脚后，孟晚薇产下一名粉雕玉琢的男婴，就在宅中举觞称庆弄璋之喜时，铺天盖地的谣言刺进了他的耳朵里——“小少爷其实是少奶奶与那外姓兄弟的野种。”

他烂醉如泥，踉踉跄跄地冲进孟晚薇的屋子，攻讦之声不绝于耳。孟晚薇泪干肠断，将借酒寻衅之人逐出门外。他被醋意与怨气把持，头一遭踏进了姨太太的房间，重重的闭门声后，姨太太的恃宠而骄与狂妄自大日甚一日。

梦中的画面变幻莫测，转瞬间，绩溪迎来了一场洪水猛兽，肆虐的大水疾速吞没了大片低洼的山田，并且夹杂着泥石马不停蹄地朝着万物席卷。突如其来的灾难让整座宅子混乱不堪，逃的逃，淹的淹，叫的叫，千钧一发之际，他撇下惊慌失措的姨太太，奋不顾身地奔向孟晚薇的厢房。

果然不出所料，孟晚薇随身的家仆早已不见踪影，只余她泪眼婆娑地抱着嗷嗷大哭的婴孩蜷缩在地势稍高的床角。眼前的景象使他轻怜痛惜，来不及致歉，他趟着过膝的积水抓起她朝外奔去。

大水过后，他的家业损失惨重，姨太太也在纷乱当中不知所踪。更令人悲痛欲绝的是，他们那将将满月的稚子，亦在逃灾的过程中被洪流无情地夺走。

此后，他虽重新振兴了家业，但孟晚薇却因丧子之痛一病不起。为了能够让她枯木发荣，他费尽心机遍寻名医，但她不仅不见起色，反倒每况愈下。老祖母叹道："心病还须心药医。"

花明柳媚的一日，他亲自将孟晚薇背到了宅子附近的山顶，放眼望去，浅溪边与古树旁开满了各色野花。他拥着她，从他们的相遇开始回忆。

"这一世，我不求其他，只求能够与你细水长流。"他道，"孩子总归还会有的，但是，我不能失去你。"

短暂的沉默后，孟晚薇终于敞开心扉，偎在他的怀里放声痛哭起来。他心如刀绞，两行清泪落在她的发丝上。这一刻，便是永恒的地老天荒。

自那日山顶归去后，孟晚薇便大病新愈，老祖母待她也比从前亲近了许多。见她偏爱山间繁星似的花朵，老祖母甚至还会遣派婢女专程去采摘，然后种在她的屋院里。

可是，好景不长，连日的瓢泼大雨预兆着洪水即将再犯。一个不请自来的时刻，滔滔不绝的洪水自浅溪汹涌而来，正在赏花的一行女眷纷纷作鸟兽散。危急关头，孟晚薇艰难地搀扶着老祖母避难，眼看就要行至一处高地，老祖母却忽然挣脱她的手调头折返，随后从容不迫地立在庭院之中，像是在默默等待洪水的到来。孟晚薇心急如焚，她歇斯底里地叫喊："老祖母，快回来！"可惜覆水难收，刹那间，咆哮的山洪铺天盖地而来，卷走了神色安详的老太太。

孟晚薇几乎没有机会感伤，此时，他从天而降，牵着她继续往高处奔去。灰黑的浓云挤压着天际，仿佛末日的前兆。伴着人们呼天抢地的嚷叫，洪水毫不留情地尾随其后。来不及了！他的脑海里飞速闪过二人合卺之礼的场景，还有她在芳草长亭的陌上袅袅回望的神情，他的悔意化作眼泪滴落了下来。他暗下决心，若是能逃过此劫，他定要带她去任何想去的地方，从此把酒秉烛，竹箫丹青，长相厮守，永不离弃！

终于，他们看到了一座高阁在湍急的水流当中矗立，尽管被冲毁了些许支架，但勉强可作为一人的救命稻草。他眼疾手快，立即将孟晚薇托送了上去，并叮咛道："你抓紧这根木头，为免阁楼负荷过重，我再去后头寻一处高地，等到洪水平息之后，我便来接你，若是我杳无音讯，你须答应我，不可泯灭对生的信念，要坚强地活下去。"

孟晚薇哭着摇头，她在瞬间哑了嗓子，一个字节也发不出来。她眼睁睁地看着他跌落于洪流当中，悲痛重重叠叠地覆盖了她惨白的脸。生离死别，到底也就这最后一次了。

当尘嚣落定，俯仰天地间，携手万丈红尘之人已逝。多年后，又是一季无边春光旖旎，孟晚薇在宅院中茕茕孑立了好一阵子，然后低下头来侍花弄草。

远远地，外姓兄弟在暗处观望着这满庭的安宁与孤寂。"人生若只如初见，却仍旧躲不过命定的一切。"他喃喃自语。

孟晚薇陡然从梦中惊醒，却发觉自己已是泪流满面。

“宝宝，你还好吗？”陈界准一脸担忧，“刚才你在睡梦里呜咽了好几回，我想叫醒你，又唯恐吓到你。”

孟晚薇的心隐隐作痛，她将梦境如实地描述给陈界准听。末了，她道：“梦里不知身是客，即使男主与外姓兄弟皆为陌生面孔，但我生怕这场不得善终就是你我前世姻缘的隐晦写照。”

“如果我是你，我会庆幸自己触及到了时空碎片，梦就像一座时间数据库，储存着古往今来人类真正的活动形态，当一代又一代的人前仆后继地归于尘土，梦会证明他们曾经存在过、相爱过。”陈界准道，“而让我感到无比庆幸的是，你的潜意识在害怕失去我，生死无穷，因果相续，如果上辈子是你替我肩负了深情，那么这一世，换我来扛。”

孟晚薇紧紧地抱住陈界准，她不再着力声张梦境的荒凉。早年，她曾欢切《说文解字》对“梦”的解释：“梦，不明也，从夕，瞢省声。”之于情爱的飘忽、心灵的顿感以及活过的虚无，都在落夜之后，付作南柯一梦。她也曾入幻觉中挣扎，始信一生追逐只为真实，如此便不言悔。颇有意味的是，亲见蜉蝣于天地，反抗不成，方知无能为力。现如今，万古长空，悲辛无书，时间之外，大梦初醒。孟晚薇惟愿，敢枕明月，敢醉今朝，不恍惚处世，惜一片真心，足矣。

第十八章

王七的由来

瑞士的冬季与童话世界无异，新年的第一个早晨，陈界准牵着孟晚薇在洁白的雪地上慢慢行走，深浅不一的脚印在二人身后绵延不断。

明晃晃的阳光降落在宁静的雪国之都，孟晚薇伸开手掌，从手指缝隙里向外打量绿色的针叶林与山峰的白雪皑皑。

世界像一个无限美好的哑巴，只有风的呢喃穿透寂静。孟晚薇将视线移近，崎岖的山径是通往人间天堂的指南，陈界准正在专心致志地探路，光线在他的脸上游离，明暗交替。

“真好看。”孟晚薇溢笑道，她的手掌依旧假装作遮挡日光的姿势，目光却偷偷在陈界准的身上打坐。

“据说，上帝想为人类邮寄一张最美的明信片，于是便有了瑞士。”陈界准未察觉身侧之人的窥视。

孟晚薇沉不住气，开口道:“你猜我在干嘛？”

陈界准侧脸，毫无意外地对上她的眼睛。

见孟晚薇眉欢眼笑，陈界准笑而不语，只更紧密地握住她的手。

“我在看你哎！”孟晚薇脱口而出。

“我知道。”

“我是正大光明地看你的。”

“很明显这个说法不成立。”陈界准莞尔。

孟晚薇松开他的牵引，一个手掌握拳，一个手掌摊开，然后道:“你是我的。”

“Yep。”

孟晚薇摇晃着两只手重复:“你是我的，你是我的。”

陈界准一时之间没有反应过来。

孟晚薇举起双手，得逞道:“你是我的拳布！”

陈界准顿时领悟用意，随即笑容四溢，他依照着孟晚薇的手势道:“你也是我的全部。”

“我已经很久没有去过新的地方，所谓新的地方，是花很长的时间在路上。几年前我独自去墨西哥，山路曲折，深夜行车，树影的飞驰以及黢黑的夜色铺天盖地，十分诡异，每个拐弯处我都感觉会发生拦路抢劫的事，于是早早想好求饶的台词：只要不杀我，怎么着都行。”孟晚薇道，“七哥，此时此刻，我觉得很开心。”

“我也是。”

“我超级喜欢你。”

“我也是。”

“再过许多年，我也会记得当下的场景。”

“我也是。”

“请问你是复读机吗？”

“宝宝，今年才刚刚开始，我们还会去很多地方，你还会有很多很多的开心。”陈界准含情脉脉地望着孟晚薇道。

结束如梦似幻的雪国旅程后，二人返回深圳，飞机刚落地，陈界准便接到杜亨的邀约：“冉甜特意组了一个新年派对，地点在Bora Club，她让我转告你们两公婆，不见不散。”

挂断电话后，陈界准征求孟晚薇的意见，后者道：“冉甜这位夜店一姐，大学时多次怂恿过我去High场，但是都被我拒绝了，我不喜欢与陌生人周旋，也不太适应像打了鸡血一样蹦跶。”

“你们两个女生去当然不合适，但是今次有我在，你可以不必拘谨，尽情放飞自我。”陈界准道，“当然，你如果感觉勉强，我便回复杜亨，就说我们旅途劳累，改日再聚。”

“我去。”孟晚薇道：“但是我要先回家一趟换衣裳。”

抵达公寓，孟晚薇穿好一条蝴蝶结抹胸的黑色性感吊带裙从衣帽间走出。

陈界准见状，两眼发直道：“宝宝，你要干嘛？”

“去劲爆的地方，自然要打扮得劲爆一些。”

陈界准上前一步搂住她：“辣妹，你不能这样又甜又飒，我会招架不住的。”

语罢，陈界准从橱柜中挑出一件Chanel软呢菱格纹外套替她披上，端详道：“这下OK了。”

“多此一举。”孟晚薇笑道，“我去洗漱。”不出片刻，她又跑过来同陈界准道：“我不小心把衣袖弄湿了！”

“没关系，我去拿吹风机吹一下，等会儿着凉就麻烦了。”陈界准从沙发上起身，边说边要去拿机器。

“我就是要着凉，这样你才会关心我。”

“你没有着凉我已经在担心了。”

“不要吹风机，要抱一下。”

“不行，会感冒。”

“我要抱抱！”孟晚薇加重语气强调。

陈界准走了两步又折返回来，笑道：“我又不会分身术。”

“那就先抱抱！”

最终，孟晚薇如愿以偿。

“我感觉你在诱惑我，但是我没有证据。”陈界准在她耳边低语道。

Bora Club门庭若市，停车场堪比豪华车展。陈界准熄灭法拉利的轰鸣声，偕同孟晚薇一起前往目的地。

进入内场，灯光纷繁，眼花缭乱，振聋发聩的音乐直击胸腔。周遭女性妆容精致，清一色的露腿短装。

穿梭的人流摩肩接踵，仿佛稍不留神，就会迷失在觥筹交错之中。孟晚薇觉得新鲜又好玩，但还是生怯，她一把抓紧陈界准的衣襟暗忖："谁都别想把我挤丢。"

一众友人相聚后，冉甜举起香槟豪气万丈："新年新气象！今晚不喝到凌晨三点，谁都别想走！"

孟晚薇道："恕我直言，在座各位谁都喝不过我。"

冉甜发问："你喝旺仔还是红牛？"

"看不起人是不是？"孟晚薇拍着陈界准的肩膀道，"今夜有七哥坐镇，老子要大开酒戒！"

一行人放歌纵酒至清晨五点才尽欢而散，被酒精掌控的孟晚薇意犹未尽，她挂在陈界准的身上口若悬河道："小陈，我跟你讲，你问我酒量到底有多深，我指着大海的方向。"

"在下领教了。"陈界准搀她上车。

翌日醒来，已经下午一点，酒的后劲上头，令孟晚薇的脑袋昏昏沉沉，她快步行至洗漱台开始呕吐。

陈界准拿着一杯温水与一颗药丸过来，正欲开启唐僧唠叨模式。

孟晚薇一脸苍白道："抱抱。"

陈界准叹了口气，随即照办。

"今日还过公司吗？"

“你这副样子，叫我怎么放心得下？”陈界准反问道，“昨晚玩得开心吗？”

“当然开心，请多带我来这种场合，下次我要再穿少一点。”

“嘴硬。”陈界准无奈地笑道，“你先洗漱，我去盛粥。”

片刻后，二人在餐桌前落座。

对于喜欢的食物，孟晚薇总是毫无底线，非得一次性吃到腻不可。譬如眼前的砂锅蟹粥，她已经消灭了第四碗。

“不能再吃了，否则等会儿胃会不舒服。”陈界准制止她添碗的行为。

“我吃零食你有意见无可厚非，但是我吃主食你也令行禁止的话，似乎有些说不过去。”

“我是为你好。”

“不听不听，王八念经。”孟晚薇捂住耳朵道，“‘我是为你好’这句话是一面旗号，是干涉，是自私，是妄图将自己的想法强加于他人身上。”

“‘王八’这个词也不妥，一方面影射了长辈是鳖，一方面也将我们的小孩拉下了水，你想，如果我是王八，那我们的小孩就是王八蛋，是不是一举两失？”陈界准头头是道，“我建议，以后你对我有不满，不妨换个代词来发泄，例如‘王九’、‘王七’，只要不是‘王八’，如此，你便当作是在骂我，而我只当你是在祝我万寿无疆。”

“王七，陈王七，英译过来就是King Seven，还怪好听的。”孟晚薇口诵心惟，“你确定你是在给自己取外号，不是在给自己颁布尊号吗？”

语罢，孟晚薇的手悄悄地伸向了粥勺。

陈界准“啪”地一声拍赶道：“把你的爪子收回去。”

“我保证这是最后一碗！”孟晚薇可怜兮兮道，“拜托了，它真的很美味！”

陈界准寸步不让。

孟晚薇放下碗筷，转换策略，盯着他的眼睛道：“七哥，我是一个没有节制的人，遇到好吃的东西会吃到撑，看到好看的电视会熬夜看到眼睛发酸，喜欢你会从好久好久之前喜欢到好久好久以后。”

陈界准忍住笑意，道：“听你这样说，我心里甜甜的，感觉听一百遍也不够。”

孟晚薇继续道：“有时候觉得，这辈子我和你的定数，就是上辈子所约定好的‘下辈子’，你忘记了，我还记得，所以我来了。”

“败给了你的糖衣炮弹。”陈界准眼眶泛泪，松口道：“只能再吃半碗。”

第十九章
出差

元旦的气氛褪减之后，陈界准即将前往南京出差。他对孟晚薇道：“宝宝，你帮我选几件衬衫，不用叠好，你只管挑，我来整理行李箱。”

“惯会使唤人。”孟晚薇一边挑选一边打趣道，“从前我没有出现的时候，你难道不穿衣服的吗？”

“从前独来独往的时候，我买了二十件一模一样的衬衫，每逢工作出差，我便随手一拿，不将时间耗费在无用的搭配上。”

“那现在为什么又注重搭配了呢？”

“因为我要同你登对。”陈界准刮她的鼻梁，“你替我准备的衣物意义非凡，我喜欢你经手我的所有。”

早晨看青山，雾气被一夜的风吹散，安静酣睡在山脚下的香港村庄，摒弃了车水马龙与摩天碍日，水田温柔地平躺在大地上，或接二连三大片舒展，或形影相吊默默守望。

雨后的天空晦暗褪尽，时间来不及背负沉重的昨天，便一丝不苟地溜到下一秒。目之所及皆豁然开朗，孟晚薇整个人为之一振，还未洗漱便觉得清新起来。

正预备去厨房寻觅早餐，孟晚薇突然听见手机短讯响，她打开一看，银行信息提示道："您的账户实时收款人民币211314.00元，汇款人：陈界准。"

孟晚薇皱了皱眉头，拨通视频电话问道："陈老板，大清早的，几个意思？"

陈界准笑道："爱伊一生一世。"

"文字编写不行吗？何必打钱来表达？"

"宝宝，我想你。"陈界准道，"第一次离开你到外地公务，有点不习惯，我决定，今后只要是出差在外，每离开你一天，就往你的账户汇入相应的钱款。一来，你一睁眼便可感知我的爱意；二来，也是为了鞭策自己努力工作，尽快回到你的身边。"

"你果真如冉甜所言。"

"她说什么？"

"她说你是土豪中的战斗机。"

陈界准开怀大笑，道："承蒙夸奖，不胜感激。"

"我想采访一下，土豪表达爱的方式都这么直接任性的吗？"

“我只能代表个人。”陈界准道，“平日里我是很小气的，也只有对你，才会无偿奉献出我自己。”

“如此说来，我似乎掌握到了财富的秘诀。”孟晚薇道，“希望陈总多多出差在外，好让我轻轻松松地赚个盆满钵满。”

“我对你思念至极，你这话讲得好没良心。”陈界准道，“先给你记上一笔，回去看我怎么惩罚你。”

二人依依不舍地挂断电话后，孟晚薇打开炉火开始煮牛奶，她惧怕牛奶因温度过高而膨胀溢出，于是不停地拿筷子搅拌。最终，她的耐心尽失，火急火燎地将牛奶倒出尝了一小口，然而杯中的液体却连温热都算不上。

“罢了，就这样吧，营养没有流失，无公害补钙。”孟晚薇自己同自己解释。

陈界准离开后，偌大的公寓越加显得空荡。孟晚薇忍不住致电冉甜道：“你过来陪我住几天好不好？”

伴着西边一轮浑圆的红日渐隐，冉甜如约而至，随之而来的还有一条活蹦乱跳的东星斑。

“听说你吃了一整天的外卖盒饭，等会儿我给你开个荤腥。”冉甜道，“厨艺虽然不佳，但是作为一个地地道道的广东人，清蒸东星斑还是不在话下的。”

鱼被蒸熟上桌后，孟晚薇与冉甜将其一扫而光。

入夜，二人各自洗漱，冉甜关上了房间的浴室大门。

“干嘛关门？家里又没有男人！”孟晚薇大喊，“你有的我也有，还怕我偷窥你不成！”

冉甜探出半个脑袋，又将浴室大门彻底打开，道：“真是怕了你，我开着门洗澡行了吧！”

孟晚薇表示赞同，然后关上了自己的浴室大门。

睡前安排，孟晚薇坚持两个人睡一张床。

冉甜道：“我觉得这不是一个好主意，这么多房间，何必要挤在一张床上？”

“请问你是绿巨人吗？我就不信这么大一张床不够我们睡的。”

“你睡觉很不安分，我会后悔的。”

“别废话，挪过去一点，给我空个位置。”

于是，两个人躺在一张床上开始谈天说地。

冉甜道：“你记不记得我们寝室有一个杭州女生。”

“记得，她的身材比你好。”

“她最近做了卵巢切除手术。”

“啊？好可怜。”孟晚薇面色凝重，“那不是整个胸都没有了？”

“她是做了卵巢手术。”冉甜重申。

“我知道呀，切掉卵巢不就是切掉胸吗？”孟晚薇狐疑地望着她。

“你这是什么神逻辑？”

孟晚薇追问道：“卵巢不就是胸的学名吗？”

冉甜笑得前仰后合：“请问你的生物学是体育老师教的

吗？”

正当孟晚薇聚精会神地聆听冉甜补习卵巢与胸的构造作用时，陈界准的视频电话响了起来。

“不好意思，请冉老师回避一下，我要同七哥激情视频。”

“那我换个房间睡了。”冉甜道，“万一我睡着了，你不许喊我，否则我会发飙。”

“好的，晚安。”

“确定今夜不用陪你睡了吗？”

“确定一定以及肯定，我迫切需要个人空间。”孟晚薇坚定地点头道。

与陈界准视频完毕，孟晚薇陷进被窝里，安逸感将她团团包围。关灯之后，正预备满船清梦压星河，她又感觉四周太黑了，于是重新把灯打开，可是，开灯之后睡意全无，孟晚薇辗转了一个多钟头，最终赤脚跑到冉甜的房间，道：“我一个人睡有点怕怕的。”

“就知道你会来。”冉甜叹了一口气，“赶紧上床吧。”

孟晚薇如愿躺在了冉甜身边，她道：“我先睡你再睡，好不好？”

“好，要不要关灯？”

“要关，你背对着我玩一会儿手机，我看着你手机的光一下子就睡着了。”

冉甜照办。

几分钟后，孟晚薇从枕头上爬起:“我好像还是睡不着。”

“我给你听一首催眠音乐。”冉甜道。

“好，你等我一下，我去拿七哥给我买的耳机。”

“张口闭口都是陈界准，能不能不要在我们两个人的夜晚提别的男人?”

“你占了本该属于七哥的位置，态度还这么嚣张!”

“拜托，刚刚是谁可怜巴巴跑到我房里来求我陪她的?”

“讲话要有证据啊，我刚才过来只是情绪表达，并没有要求上你的床啊!”

冉甜猛地掀开被子:“白眼狼，我走了!”

孟晚薇一把抓住她的头发唱道:“爱我别走，如果你说你不爱我。”

“不要扯我头发!本来头发就少!再扯就要秃顶了!”

夜幕在吵吵闹闹的嬉笑声中逐渐霸占世界，永无止息的车轮穿插过城市的街头，仿佛从来没有停止过矫饰喧嚣。亘古不变的是远山近海，即使被纵横的暖橘色灯光映照，却终究显现不出白昼的勃勃生气，最后一并同夜色墨化了去。风无拘无束地游荡，海水的表面在微黄的倒影中瑟瑟颤抖，它是觉察深圳短暂的冬天即将登场吗?还是对声息不歇的都邑发出愠怒与抗议?在确认孟晚薇进入梦乡之后，冉甜起身将窗帘拉得不透一丝缝隙，再睁眼，便又能见到阳光。

翌日，孟晚薇独自从床上醒来，冉甜从外头进屋一边比划一边吐槽道：“昨天晚上你把大部分的被子卷到了自己身下，我在一旁压根儿没有盖的东西，冷得瑟瑟发抖！这还不是最惨的，因为过了不久，我就被你的飞毛腿踹下了床，我心有余悸，只好对你敬而远之，逃去了别的房间睡觉！”

“七哥诚不我欺也。”孟晚薇笑道，“之前每次睡前和醒来，他的话题总是离不开‘你今晚不要掉下床’、‘你昨晚好几次差点掉下床，幸好我及时抢救’，我还骗他说：‘不可能，我这么岁月静好的一个人，睡觉肯定也是安安稳稳的。’”

“与他睡，你祸害自己；与我睡，你祸害我。”冉甜道，“待遇真是天差地别，我希望这是今天最后一次听到陈界准的名字。”

“过完元旦，感觉春节便迫在眉睫了。”孟晚薇突然感慨道。

“今年除夕，你又执意形单影只吗？”

“一个人不好吗？没有惆怅，没有煎熬，没有慌乱，没有鼓噪，自由、安稳又美好。”

“书店进展得怎么样了？”

“全权委托给七哥的朋友在装修，五月份左右应该可以完工。”

“又是陈界准，聊不下去了。”冉甜故作叹息，“我去刷牙。”语罢，转身便要离开。

与此同时，孟晚薇见冉甜的裤子出现一抹艳红。

“你的‘大姨妈’前来造访了。”孟晚薇道，“家里没有护垫库存，我去楼下给你买。”

“算你良心未泯，记得买日本原装进口的。”

“晓得了。”

至便利店，孟晚薇拿起一包卫生护垫拍照发送给冉甜询问：“这种可不可以？”

冉甜漫不经心地瞟了一眼包装上面标写的40cm，脱口而出道：“不行，四百米太长了。”

三秒钟之后，孟晚薇在公共场合掩口失声。另一边，幡然自己口误的冉甜也不禁忍着例假的绞痛咧开了嘴角。

陈界准在南京的每一处行程都会同孟晚薇分享。

譬如：“宝宝，总统府的一株枇杷树长得极好，盎然的枝桠向着黑沉沉的屋檐，人非而物是，也不至于令人太懊恼。

譬如：“宝宝，我们抵达六朝博物馆，贝建中先生设计，高颜值，接地气。”

譬如：“宝宝，夜游秦淮之际，不见莺莺燕燕悲前事，惟风空存，惟水怅然。”

譬如：“宝宝，今日经过一家餐厅，招牌叫做“从你的全世界路过”，就名字而言，过客总是遗憾与伤怀并存，而我是要驻扎在你的生命里的，望知悉。”

譬如：“宝宝，我刚谈完事情，正在车上听你朋友圈分享的歌曲《火车驶向云外，梦安魂于九霄》，我把音量开到了最大，窗外永远明亮灿烂。”

孟晚薇被陈界准的报备文案搅得心神意乱，她在一个夕阳烧红山巅的傍晚站在阳台上俯瞰，然后突兀地念出陈界准的名字。当探照灯开始崭露头角，她果断地订好了一趟航班。

此刻，毫不知情的陈界准刚刚结束扬州之行，他传送瘦西湖的照片给孟晚薇道：“宝宝，此处园林古色古香，为夫已然江郎才尽，还须夫人亲自赋诗一首方才契合雅兴。”

“赋诗没问题，但是作为交换，你必须再写一封情书给我。”坐在舱位等候飞机滑行的孟晚薇道。

“雕虫小技，言听事行。”

“澜波碧色漪新妆，广陵琼花曳尘香。二十四桥明月在，菡萏深处撑长蒿。”孟晚薇即兴而作。

一路风尘仆仆之后，孟晚薇敲响了陈界准入住酒店的房门。

“哪位？”屋内传来陈界准稳重的声音，他的脚步声也由远至近。

“例行查房。”孟晚薇粗声粗气道。

陈界准透过猫眼看见孟晚薇正乐乐陶陶地立在走廊，起先是错愕，下一秒则迅速将门打开。

孟晚薇倏地冲进陈界准的怀抱。

“我没有很想你。”孟晚薇道，“我只是来突击检查一下陈总的房内有无其余女伴。”

“欢迎领导空降视察，请不要放过任何一个角落。”

情意绵绵的二人行至屋内，孟晚薇蓦地发现书桌上堆砌着一些被揉捏得皱皱巴巴的纸团。

“乱七八糟的，这是什么东西？”孟晚薇好奇地询问道。

“别动！”陈界准箭步上前，挡住书桌道。

“我偏要窥个究竟。”孟晚薇开始向书桌进攻。

陈界准拦腰搂住她，耳鬓厮磨道：“我坦白，这些是答应给你的情书，但是还只是草稿，请给我一点时间终结它们好不好？”

“第一次听说写情书还要打草稿的。”孟晚薇竭力地挣脱亲吻，“在事态一可不发收拾之前，我申请阅读一遍草稿。”

“真是拿你没办法。”陈界准艰难地从情欲中抽离，“你等我几分钟。”

“好，我先去沐浴更衣。”

待孟晚薇从浴室出来，陈界准已经誊写完毕。

“这是我毁了十几张纸的终稿，还请孟总过目。”

孟晚薇接过一看，纸上赫然写道：

我想和你一起 沉溺

沉溺 在初夏的微风里

任阳光洒满金黄的稻穗

每一颗谷粒都有一个饱满的你

我想和你一起 沉溺

沉溺 在鹏城的深夜里

随着万家灯火渐次暗去

仍然能看到最明亮的你

我想和你一起 沉溺

沉溺 在白浪细沙的天际里

枕着高低起伏的涛声

在有你的美梦里呓语

我想和你一起 沉溺

沉溺 在银河浩瀚的宇宙里

望尽亿万光年的距离

也望不穿对你最悠长的思绪

我想和你 一起沉溺

沉溺……

读罢，孟晚薇道："押韵倒是挺押韵，哪里抄的？"

陈界准惊呼："怎么可能！我足足构思了一个小时！"

"诗情画意之外，总感觉'沉溺'二字有点不可描述。"

陈界准将孟晚薇一把抱起，后者包裹的浴巾缓缓松散落地，他魂不守舍道："只可意会，不可言传，我是描绘美好的意境，你可别想歪了……"

第二十章

狭路相逢

赋闲整理旧物，清出来一堆个人闲置，孟晚薇新注册了闲鱼账号，兴致勃勃地打算扮演一位二手商贩。

看着星罗棋布的细软，孟晚薇不禁触景生情：“终于知道我的钱都去哪儿了，原来它们一直以另一种方式默默地陪在我身边。”

陈界准从中拣出一副满钻手镯道：“这件物什有些眼熟。”

“你不眼熟才怪，这是你在瑞士送我的新年礼物。”孟晚薇玩笑道，“请再多看它一眼，等会儿就挂到网上卖钱去了。”

陈界准将手镯捂在胸前：“你好过分！不可以！”

“股市熔断了，我在积极开展二次创业，麻烦支持一下。”

“行，要卖我买，你开价吧。”

“我怕你出不起好价钱。”

“我用肉体和灵魂一起补偿你行不行？”

“灵魂就不必了，太虚无缥缈，肉体尚且可以考虑，请稍等，我查一下今日猪价。”

“你看着我。”

孟晚薇吊儿郎当地瞟过去一眼：“看着你干嘛？”

陈界准凑近到她跟前：“你有没有发现我被你欺负得有点惨？”

“我没……”

话音未落，陈界准便飞快地以唇堵住了孟晚薇的嘴。

俄顷，陈界准才松开她道：“好了，我现在心里平衡了。”

股市收工后，孟晚薇心血来潮去接陈界准下班。

“今日午后忽然觉得一定要马上见到你，否则时间薄情，少见一刻便亏了。”孟晚薇一边开车一边道，“士之耽兮，犹可说也；女之耽兮，不可说也。其实我有时候并没有外表看上去那般大大咧咧，请你不要离开我。”

“宝宝，出什么事了吗？”

“一切无虞，大概是因为整理旧物，所以百感交集。”

“你开心我便开心，你不开心我便慌了。”陈界准放下心来，“其实我有时候也没有外表看上去那般沉着冷静，请你不要欺负我。”

孟晚薇假装震惊道：“我从来没有欺负过你啊！”

陈界准摆出一副愧疚的神色，道："刚刚认真、仔细地回忆了一下，你确实没有欺负过我，是我的记忆出了偏差。"

此时，电台主播的声音伴着一阵悠扬的前奏传来："与君初相识，犹如故人归，接下来，一首洪尘的《似是故人来》送给听众朋友们。"

安静听完半段歌曲，孟晚薇道："粤语当真是温柔又深情。"

"这首歌的原唱者是梅艳芳。"

"我其实一直稀里糊涂，梅艳芳到底是男士还是女士？"

"女士。"陈界准道，"你疑惑的那位男士叫梅兰芳。"

"我最近喜欢谢霆锋的《游乐场》，虽然曲调已经娴熟于心，但是不会粤语发音。"

陈界准立刻抓住送上门的显摆机会，他关掉电台，开始唱起了《游乐场》。

孟晚薇不肯将爱慕之情溢于言表，但她在内心直呼道："好听到爆！"

陈界准见她无动于衷，继续高调道："如果有混响我会唱得更好听。"

孟晚薇不接茬，顺手递给他一颗话梅，陈界准接过握在手中，道："等会儿再吃，不然会影响我唱歌。"

孟晚薇不甘心地问道："如果不看歌词的话，你能听得懂粤语歌的含义吗?”

“这是一道送分题，过。”

“你可不可以教我讲粤语?趁着还没有分手，总要因地制宜跟广东男朋友学点什么吧!”

“你的意思是要榨干我对吧?”

孟晚薇贼兮兮地一笑:“那要看哪方面了。”

陈界准含笑不语。

孟晚薇岔开话题道:“我要找一首你没有听过的粤语歌。”

“只要前奏一响，我差不多都可以哼唱。”

“切，我猜许志安的《爱你》你肯定不会唱。”

陈界准递给孟晚薇一个深邃的眼神:“我不仅能够推翻你的猜测，我还知道郑秀文有一首歌叫《爱你爱到杀死你》。”

“你为什么这么冷峻地看着我?我要下车!”

“别别别，我告诉你一个华语歌坛史上字数最长的歌名。”

“我知道!是不是《遇见你的时候所有星星都落到我头上》?”

“是吴宗宪的《是不是这样的夜晚你才会这样的想起我》。”

“你以一字险胜，不过，我还真没有听过这首歌，我搜索一下。”语罢，孟晚薇打开网页寻找歌曲，其中一条热门音乐评论让她直接笑出了声。

孟晚薇道:“有一个网友在评论里编荤段子，说:‘是不是在这样的夜晚你才会这样的想骑我。’另一个网友回复说:‘这是一条有动作的评论。’还有一个网友十分生气，说:‘我最喜欢的歌被你们三言两语毁掉了。’”

陈界准会心笑道:“被调侃之后，确实每次听歌都会想到这个梗，但是凡事有利有弊，以后我们要沉溺的时候就放这首歌。”

孟晚薇横眉怒目。

陈界准笑傲风月:“是你先开的头。”

抵达公寓车库，二人如胶似漆地朝电梯厅走去，孟晚薇眼尖，立时发现梁若妤与希希也同在电梯厅等候。

“姐姐，姐姐。”希希见到孟晚薇，不住地在口中念念有词。

“好巧啊，又见面了。”梁若妤道。

“是。”孟晚薇惜字如金。

梁若妤打量着气宇轩昂的陈界准，又道:“这位是你的男朋友吗?”

“是。”陈界准抢答道。

“早前从家姐处听闻，你并非住在这所小区，原来背后是有富贵如意郎君。”梁若妤醉翁之意不在酒。

“早前也从令姐处听闻，阁下是一位高级室内设计师。”孟晚薇反唇相讥道，“上回仓促邂逅，没来得及关问，梁小姐如今是在为希希家做设计吗？”

面对孟晚薇的一针见血，梁若妤神色张皇，不禁心虚道：“人往高处走，希希妈妈高薪聘请我做全职家庭教师，我自然是盛情难却的。”

电梯门开启后，陈界准绅士地礼让梁若妤二人先行。孟晚薇见状，一把挽起他的手臂。

四人分道扬镳后，陈界准笃定道：“我敢打赌，刚才与你相识的这位女士，不是什么家庭教师，而是一位生活保姆。”

孟晚薇反问道：“是吗？观察得这样细致？”

“因为她提了一个装有保温杯的袋子，我们分开之前，她还刻意将一块儿童汗巾朝里塞了塞。”陈界准道，“另外，她的说辞漏洞百出，总之，我没有见过设计师转行做家教的案例，何况是面对一位智力障碍儿童，更应该由专业的护理人员照顾、引导。”

“我只知道你刚才主动与她搭讪，并且你还让她先进电梯。”

“我只是出于礼貌而已。”

“哈！礼貌？我怎么没有看到她提了什么内容的袋子？偏偏你看到了？需不需要我帮你获取对方的联系方式，千里姻缘一线牵，我就说你是我哥！”

“不要不要，我们俩长得一点也不像，你比我好看多了！”

“这有何难？我就说我们是异父异母的兄妹！”

“宝宝，你是不是吃醋了？”

“开什么玩笑！不存在的事！”

“那你为什么在进电梯的时候突然挽我的手？”

“我怕你人老眼花站不稳！”

“大话精！”陈界准道，“这个挨千刀的相识是什么来头，值得你为此要同我舍弃夫妻情分，转而结拜把子？”

“她是我所谓后母的亲生妹妹。”孟晚薇道，“我觉得我与她八字相冲，因为从第一面见到她开始，我便心生烦厌，就连表面上的客套也不想维系。”

“当然不必维系，你做自己就好。”陈界准道，“对了，刚刚收到你未来家婆的指示，邀请你春节去家中共度，你意下如何？”

孟晚薇心头陡然一酸。她已经好些年没有正视过春节了。自从母亲离世、父亲重组家庭，她便不再向故乡索取情感。因为，寓意阖家团圆的愿景终将是一场空谈。每逢传统年节，她都心怀宴如地与另一些城市中的月亮周旋。在最爱的望海路上对着湛蓝的海面和耀眼的日光眯起眼，戴着心仪的围巾踽踽独行地穿过下着初雪的长安街。从成都驰离到深圳，从窄小的视野到见识天地的广阔，从年复一年的季节飒飒而过，她默认着、宁愿着，那些冗长的旧时光渐渐沉睡不醒。

“我其实不想承认，我也想同家人一起欢度新春，可是我的家，已经被其他人占有。”孟晚薇泪流不止，“我其实也不想承认，我常常会梦到我与父亲、母亲载笑载言的场景，从前的家中格局一如既往，母亲的面容清晰如常，仿佛岁月永恒地停留在最初，不曾蹉跎半分。每次睁眼醒来，巨大的空白在脑海里踱来踱去，我其实不想承认，我渴望团圆的意味，我频繁地安慰自己，那些不过是潜意识仗着黑夜是孤独的瞎子碰巧怀旧而已。”

“我知道的，我都知道的。”陈界准连忙将她揽入怀中，“宝宝，请你相信，从今以后，我不会再让任何一个代表团圆的节日以残缺的姿态对向你，我会用真实并且磅礴的安全感填满你内心的罅隙，平息你无尽的怯悸。宝宝，请你相信，从今以后，众生喧哗，我不会再让你独自一人。”

第二十一章
春节

腊月二十九，孟晚薇在地下车库磨磨蹭蹭地不肯下车。

“走啦，丑媳妇早晚要见公婆。”陈界准劝道，“再说，你也不是头一回来家里了，应当轻车熟路才对。”

“上回是你先斩后奏，情况不一样。”孟晚薇道，“这次要正式拜见两位长辈，我真的很紧张，你让我在车里坐一会儿再上去好不好？”

“在这个具有里程碑意义的时刻，我若贸然拒绝你的请求，似乎显得不尽人情。”

“你好像很亢奋的样子。”

“那当然，我的快乐已经冲向九霄。”陈界准笑意弥漫。

“我担心，万一同伯父、伯母谈话时冷场怎么办？”

“你的焦灼完全是多余的，综合上回的情景可以得出结论，应该担心的人是我，只怕到时候你们三人滔滔不绝，反倒将我晾在一旁。”

“你确定我买的礼物他们会喜欢吗？”

“我确定他们会欣喜万分。”

“可是……”

“由不得顾虑重重了，宝宝，情势逼人。”陈界准朝她使了个眼色，“面对现实吧，你回头看看，他们二老已经到地下车库来迎接你了。”

孟晚薇连忙下车主动向长辈问好。

陈母热情道：“我们娘俩又见面了，阿薇，我心下真是欢喜。”

“伯母，我也是。”孟晚薇一边答话一边从后备箱搬运礼物。

陈父见状，道：“你不必忙活，东西让陈界准去拿，我们先进屋喝茶。”

陈界准得心应手地接过孟晚薇手中的一应物品。

大年三十的团圆饭，陈父拿出珍藏多年的茅台问道：“阿薇，你能不能喝酒？”

“伯父若是有兴致，我可以陪您来几盅。”

陈界准猛地咳嗽了几嗓子，道：“阿爸，还是我陪您喝吧，红酒她都会醉，更何况是高度数的白酒。”

“请你不要阻挡我讨好长辈。”孟晚薇直接表露心声。

众人谈笑宴宴。除往夕之糟粕，迎新岁之夷愉。

大年初一，大雨滂沱，孟晚薇跟随陈家一行放生祈福，陈父虔诚祝祷:“春回大地，万物生辉，与诸君共勉，祈朱门玲珑，熹光长系。”

仪式结束，天空也刹那间澄澈开来。孟晚薇心下诧异万分，有道是:“敬有所观，却惑却幻。”

正月，陈界准偕同孟晚薇一起前往公司派发利是红包，聚餐时，合伙人调侃道:“我们出差路上经常听到陈总打电话，异常柔软的声音:‘宝宝，快递收到了吗? 午餐吃了什么呀? 今天玩得开心吗?’不知情的人还以为陈总有一个宝贝女儿。”

陈界准笑着摸了摸孟晚薇的头，道:“这就是我的宝贝啊，我就是将她当作女儿一样宠的，只要我有条件，我就要让她一辈子都无忧无虑。”

全场起哄。

孟晚薇道:“七哥，我敬你一个，你辛苦了，我记得你对我所有的好。”

陈界准连声道:“好，好。”随即遮遮掩掩地低下头。

孟晚薇凑过去端量道:“咦，我都没哭，你哭了吗?”

陈界准红着双眼:“再开一瓶酒，行不行?”

“行，万事胜意，敬颂春祺。”

在陈界准的呵护下，孟晚薇度过了一个既温馨又安然的春节。唯一一处意外，是元宵节当日，孟晚薇心血来潮，搬起一盆壮硕的蝴蝶兰欲移至高处，结果重心不稳砸到自己的脸，伤口破皮流血。

陈界准闻声而来却也为时已晚，孟晚薇哭诉道:“如果我毁容了，我就不活了。”

陈界准捏起她的下巴微微抬高，仔细检查了一番，宽慰道:“没事，一点点小伤，我来处理，很快就会好的。”

孟晚薇含泪瞟他:“如果我没有受伤，这种角度倒是很适合我亲你两口。”

“老实一点，眼泪憋回去，否则就是伤口上撒盐。”

之后连续好几日，孟晚薇都不敢沾水洗脸，生怕伤口感染，她反复地向陈界准寻求定心丸:“真的不会留疤吗? ”

每一次陈界准都会无比耐心、笃定地回答:“一定不会，你只要保证伤口愈合时不去用手抓挠，它便会很快复原的。”

脸部受伤期间，孟晚薇锐减了外出的活动，除了宅家看盘、练琴之外，她又发展了一项新的爱好——拼装乐高。最初，她沉迷其中无可自拔，连续熬夜埋头苦干，最终花了四个通宵将千年隼大功告成，但是也因此导致了她的脖颈僵硬、四肢酸痛以及陈界准的不满。

“宝宝，你拼乐高我没有意见，可是你熬夜拼乐高我有意见。”

“虽然你的语气严肃，但是我不生气。”孟晚薇道，“我晓得你是在关心我，你提醒得很对，熬夜于身体不利，我应该另辟蹊径。”

当晚，约好一起晚饭的陈界准临时又添应酬，并且带着一身酒气归家。

孟晚薇道:“现在开始吵架吧。”

“我可以先回个工作电话吗? 刚刚打过来没有接到。”

“可以，我先酝酿一下措辞。”

“是，让气氛缓和一下。”

电话打完，陈界准坐在沙发上，满脸堆笑道:“好了，开始吧，我接受你的审判。”

“你自己选一种惩罚。”

“我自罚睡地板。”陈界准默默找出一床被子放在地上，心知孟晚薇有轻微洁癖，又故意问道，“我今天自己睡是不是可以不冲凉了？”

“不行，只要人在屋里就会有细菌传染到我。”

“我可以把自己像一个粽子一样裹在被子里，这样细菌就不会外传了。”

“不行。”

“宝宝，要不要喝点温水开拓一下惩戒思路? ”

“要。”

陈界准一边倒水一边播放音乐。

孟晚薇道:“妄图借音乐制造和气吗?

“对，是我宝宝的音乐新宠。”

前奏响起，是孟晚薇近日循环播放的《美若黎明》。

“我考虑清楚如何惩罚爽约之人了。”

“要杀要剐，悉听尊便。”

十分钟后，孟晚薇一边吃着芒果干，一边指挥着陈界准在繁杂的乐高汽车机械组里兢兢业业。

凌晨两点左右，陈界准将积木的整体框架完成了一半，旁观的孟晚薇骤然生出一个邪恶的想法，她道：“如果我把你组装好的乐高拆散，你会不会生气？”

陈界准抬头笑答：“不会。”

孟晚薇撂下手中零食，正欲采取行动，陈界准反应敏捷，对着来势汹汹的侵略者张牙舞爪道：“你要是真这么做了的话，我会把所有的乐高成品通通大卸八块！”

陈界准摆出一副既夸张又可爱的架势，并且特意加重了“所有”的语气。

“得，破罐子破摔，够狠，老子惹不起！”

孟晚薇话音落，二人乐不可支。

转眼间，情人节至。一大清早，孟晚薇便偷偷地将专属牙膏放至陈界准的牙膏旁边，然后气势汹汹地兴师问罪道：“你是不是偷用我的牙膏了！”

陈界准一脸无辜：“我没用啊。”

“你再讲一遍！”

“我没用啊！”

孟晚薇破笑：“不错，有自知之明。”

陈界准顿然反应过来，一只大手将她的脸捏成了嘟嘟嘴：“大过节的，你竟也来套路我。”

孟晚薇笑不自抑。

陈界准一边泡茶一边道:“唉，今天看着别人送金、送银、送花，我怕无人送我，就自己买齐了，宝宝，你要不要尝一口，金银花茶真的很去火!”

孟晚薇瞪目道:“我给你转了一笔账告白，你没有收到吗?”

“你不提也就罢了，我给你转了一百三十一万四千五百二十块，你给我转回来十分钱是几个意思?”

“一点默契也没有，这叫十分爱懂不懂?”

“你好歹转个一百块，百分之百的爱!”

孟晚薇转身取出预先备好的礼物——一幅手绘画作，道:“技术不佳，但寓意完美，即便不过情人节，因为有你，每一天的生活也很可喜。”

“谢谢，我要挂在家中最显眼的地方。”陈界准拿着画作爱不释手，他专注欣赏了片刻道，“不对啊宝宝，你是不是王者荣耀玩上头了，画了两只天鹅小乔给我?”

孟晚薇将白眼翻得比立白洗衣粉还白:“拜托，这是火烈鸟好不好!”

“啊，恕我眼拙!”陈界准作恍然状，笑道，“你许久没有出门，今日过节，想去哪里玩吗?”

“没有什么特别的地方想去。”

“那我带你去一个你从来没有去过的地方吧。”

“我可不想去男厕所!”

“你误会了，我不是这个意思！”

“可是我脸上的伤口还没有好……”

“你可以不用下车，这样便无人能发现你脸上的疤痕，如何？”

孟晚薇欣然答允。

行车途中，孟晚薇刚拆开一袋蜂蜜味的樱桃果干，陈界准的手掌便“嗖”地一下伸到她面前。

孟晚薇不情不愿地给他倒了一丁点，然后小声嘟囔道：“为什么要跟我抢零食？你是我见过最爱吃零食的男人……”

司机忍俊不禁。

陈界准笑吟吟道：“是吗？我还想吃你那个白桃果干，比百香果的好吃。”

路逢绿化带里头有一群园丁师傅在劳作，有的蹲着栽培植被，有的站着擦汗喝水，烈日炎炎之下，孟晚薇不禁感慨：“这些师傅们真辛苦，但他们的神情和行为好像没有一点倦怠，反而坚毅又从容。”

“这就是生活，没有人是自由的个体，他们也是谁的儿子、谁的父亲，肩负着责任与爱，所以不敢心慵意懒。”

“我忘记同你讲，前日我在家里叫了一份外卖，快递小哥上门的时候满头大汗，他告诉我走到楼下的时候突然漏掉了一碗菜，但是他不是故意的，是店家的包装袋从底部破损导致。他不停地道歉，并掏出手机问我多少费用，他照价赔偿，我检查了一番，确实如他所言，便道：‘算了，不用赔了，你们跑来跑去很辛苦，这次也不是你的错。’快递小哥从歉词到感谢，我又道：‘不用谢了，我知道你们跑单很赶时间，你快去忙吧。’我说完之后，他居然哭了！不住地抹眼泪与道谢，我当时又讶异又心酸，也很庆幸自己没有为难他，虽然漏掉的那碗菜刚好是我最爱吃的。”

“宝宝，你做得很对，菜丢了我们可以再买，但是对于快递小哥而言，他赔偿了你之后，可能这一天的收入都泡汤了。有时候成年人的崩溃就在一瞬间，他在别的地方送单，大概率遭受冷言冷语的情况比较多，恰好你宽慰的那几句话特别贴心，并且都是站在对方的角度考虑问题，人是血肉之躯，人不是钢铁铸造的，你的善意触碰到了他的软肋，所以他哭了。”陈界准道，“赠人玫瑰，手留余香，一个落地的道理，方便别人的同时也成就了自己。这个世界很美好，我们应该心怀大爱，并且为之奋斗。”

当凹凸不平的道路颠簸得如同游乐场的碰碰车一般，孟晚薇才明白这趟出行的目的地是矿山。她好奇地打量着意识中的这块崭新地带，深入腹地后，一只斑鸠无所畏惧地在来者的车前蹦蹦跳跳。

司机道：“老板，斑鸠是一种吉祥鸟，代表着长长久久。”

“说得好，回去让财务给你涨工资。”陈界准道。

孟晚薇看在眼里，记在心里。经过一所矿山办公室的时候，她忽然发现彩板房的屋檐底下有一个鸟窝，两只喜鹊正扇动着矫健的翅膀热闹叫唤。

孟晚薇同陈界准耳语道:“老板，喜鹊是一种吉祥鸟，寓意着喜上眉梢。”

陈界准齿牙春色，连连点头会心道:“说得好，回去马上给你转账。”

返程途中，孟晚薇触景生情，骤然想起了《山河故人》的片段，不由地心生感伤。她将车载音乐切换成叶倩文的《珍重》，并沉默聆听。

陈界准看出端倪，寻找话题道:“宝宝，你看外面这些矿，都是我们的，足够你买包，开不开心?”

孟晚薇心不在焉道:“开心。”

“我看你不是很开心，是不是这里不好玩?”

“这里令人耳目一新，我见到了许多从来没有见过的东西。”孟晚薇道，“我只是有些感慨人生的明灭起伏，觉得这外面的景象像是被岁月搓磨过的旧照片一样，灰暗里夹杂着生存的希望。”

陈界准道:“晚上再看一遍《山河故人》吧。”

孟晚薇即刻转悲为喜:“正有此意! 你怎么知道我在想什么?”

“心有灵犀一点通。”

重温的电影，仍然让人感到苦涩。现实当中，又有谁不是在忙着各自的命运纠缠? 所有离别的痛苦都源于爱的衍生，孟晚薇陷入的理论困境是：“惟变不变。”

陈界准恳挚道：“世界在变，世事也在变，小到风霜雨露，大到宇宙天堑，这些变化的确令人唏嘘，但是你要相信，总有一部分人会坚守内心深处的某些不变，这个不变的本质即为信仰，你就是我的信仰。”

又过了一段时日，孟晚薇脸上的伤口还未痊愈，她干脆做了最坏的打算：万一留了疤，便将疤痕刺青成一朵花。

一日，她旁敲侧击地向陈界准询问道：“你最喜欢什么花？”

陈界准毫不犹豫地答道：“荷花。”

“你不必因着我将书店取名为‘荷些’，便附和喜欢荷花，这不是情感测试题，你可以摸着自己的良心回答。”

陈界准改口道：“桂花。”

孟晚薇琢磨着桂花花瓣太小，大概不够遮挡脸上的伤疤，便又道：“不行，你再换一个。”

“求赐一个标准答案。”

“要不，你喜欢玫瑰吧！”

“可以，你要送我花吗？”

“想得美。”孟晚薇叹气道，“我是决定在疤痕上面纹一朵黑玫瑰，这样走在街上大家都不敢招惹我。”

陈界准抚掌大笑道：“万一真到了这一步，我陪你一起去纹，你一朵，我一朵，这样走在街上大家都知道我们是一对。”

一周后，孟晚薇正在摆弄黑胶唱片，忽地从脸上飘落一块黑黑的东西。她赶紧跑到镜子前查看，原来是伤口处结的痂自然脱落了，丝毫痛感也没有，并且皮肤恢复如初。

孟晚薇惊喜地大叫一声，冲出去对着陈界准喊道:“七哥! 出大事了! 快来看啊! 我的盛世美貌又回来了! ”

陈界准快步从书房踱出，他再次将孟晚薇的下巴抬高捏起，正欲细细检视之际，孟晚薇“吧唧”一口吻上了他的面颊。

第二十二章
满分日常

三月，深圳的木棉花开了，孟晚薇驾车经过一个转弯路口，一树树灼灼怒放的朱华陡然撞入眼帘，心情便格外明朗起来。

《Resham Firiri》是孟晚薇很早之前收藏的一首尼泊尔民歌，它的旋律活泼，歌词如诗：

木棉花开了　你是何时开的花呢
花落似白鸟飞下　白色的鸟一直在飞
你可能很累很累了　是否想停下来休息
还是你喜欢飞去　很远很远的地方
生活有高潮也有低潮
就像蝴蝶的飞扬也会忽高忽低
无论生活中有什么困难
我都愿意和你一起飞翔

孟晚薇将其推送给陈界准，道：“避开人

群出行，深圳的线条温柔，太阳落山之前的光线也温柔。山水的腰身、旧祠堂的孑立以及樟脑球的味道，落满了岁月的长街。春天真安静呀，我在车里一边听歌一边自言自语，昨晚你在黑暗里沉沉睡去，我亲了你一下，你也没有发觉。”

抵达餐厅后，陈界准坐在窗边位同孟晚薇招手。

“有空多陪我吃饭呀，因为当你坐在我对面的时候，我已经被快乐控制。”孟晚薇道。

点餐时，孟晚薇尝试要了一杯混合色的冷饮新品，喝到一半，类似蓝色洗衣液制成的长条果冻像一条条蚯蚓，她被吓了个正着，一把将饮品推给陈界准道：“我害怕这个蓝色的东西！”

“不怕不怕，我来搞定。”陈界准将蓝色固体一点一点挑拣出去，然后再递回给孟晚薇。

孟晚薇喝了几口，蓦然发现杯底还有几小截蓝色固体的遗留，如同蚯蚓拦腰截断的尸首一般，她越发感觉恐怖，顿时委屈落泪。

陈界准慌忙走去拥抱她，得知事情原委后，他幸灾乐祸道：“哎呀，一点小事就开哭，没有我你可怎么办啊！”

吃过晚餐，二人手牵手穿梭在街头，一起哼唱《简单爱》。孟晚薇道：“如果浪漫有具象，那么一定是我们散步在黄昏的傍晚，而我用余光吻了你好几百遍。”

每一个清澈的小日子都是好日子。通常，他们会去逛一逛诚品书店，看当季的展览，或是听一场音乐会，又或是找经营多年的小店只为吃一碗云吞面。隔三岔五，窥窥望望，一点一滴，构成质感的生活片段。

孟晚薇不肯放过任何一个调戏陈界准的机会。譬如，定了三道闹钟抢Tods限量发售的独角兽包包，然后同陈界准道："我想要一个独角兽公仔。"

"好，买。"陈界准应答如流。

"关键它是和包包连在一起的，不能分开卖。"

"下回一次性说完好吗？"

又譬如，孟晚薇作愠色状："刚才买苹果的时候被骗了，气死我了。"

陈界准神色担忧："怎么回事？"

孟晚薇道："卖苹果那个老板说他家苹果是最甜的，骗我尝一下，结果我尝了一口，才想起来你才是最甜的。"

陈界准失笑："鬼马精灵，居然最后还是被你发现了。"

偶尔，孟晚薇也会陪同陈界准参加一些例会。没有接受过正统工作训练的她对于公司的一切都兴味盎然。然而，当会议持续到半个钟头的时候，她便从正襟危坐变成偷偷打了第六个哈欠，一股强大的念头支撑着她："我不能打盹儿，我不能给七哥丢脸，我要学习一下战略结构、产业支持、发展规划，啊，我好想喝奶茶啊……"

一次，陈界准与合伙人有事商谈，孟晚薇在旁一边吃着甜点，一边看着武侠小说，不知不觉中竟然靠在沙发上睡着了！一觉醒来，身上盖着陈界准的西装，窗外天都黑了……

见孟晚薇睁眼，陈界准温和道：“醒啦？没敢叫你，我们都是轻声讲话的，让你多睡会儿。”语罢，又转向众人道：“我太太今日第一次陪我工作这么长时间，有些累了，大家见谅。”

夜晚抵家，孟晚薇不好意思地问道：“真是抱歉，今天我在大庭广众之下睡着了，你是不是觉得很没有面子？”

陈界准将切好的柿子端过来给她，笑道：“你呀，就是个享福的命，我呢，就是注定给你当一辈子长工的。”

随着气候不断地升温高涨，陈界准出差归来，一进门便道：“宝宝，我陪你去买新裙子吧，刚刚我在机场看到很多人都开始穿夏装了。”

孟晚薇道：“无事献殷勤，说，是不是做了什么亏心事？”

“得嘞，好心当作驴肝肺。”

“这个季节流行性感冒频发，恐怕不方便出街。”

陈界准神神秘秘地拿出一个盒子道：“防护工作必须要到位，你打开试试。”

孟晚薇拆开包装一看，一个大黄蜂声控头盔赫然映入眼帘。

“试试就试试。”孟晚薇戴上头盔，拉起陈界准奔赴商场添置新衣，感觉到集万千目光于一身时，她操纵大黄蜂发出声音道:“我是这条街最靓的仔。”

翌日，私人医生例行为二人进行牙齿清洁的时候，发现孟晚薇生出了一颗智齿。

“这是一颗阻生智齿，会导致邻牙的发炎以及损坏，所以建议趁早拔除。”医生道，“孟小姐，你有没有吃午餐？”

“没有。”孟晚薇畏怯地摇摇头。

医生道:“那只能下次再拔了。”

“好的！”孟晚薇如释重负。

陈界准笑语指麾:“既然有害无益，拖着夜长梦多，今天就拔。”

医生道:“没有吃午餐的话，拔牙之后再吃东西会有影响。”

“那我现在带她去吃点东西。”

孟晚薇大惊失色:“陈界准，你不觉得你很残忍吗？医生都说了可以下次再拔！”

陈界准太息一声:“躲得过初一，躲不过十五。”

孟晚薇紧紧捂住双耳:“不听不听，王七念经！”

复诊前日，陈界准带孟晚薇吃了两顿火锅，喝了三杯奶茶。

孟晚薇道:“请问你有没有信心让我明日拔牙不痛？”

“打完麻药以后真的不会痛，两分钟就好了。”

“真希望医生临时有事耽搁，无法正常赴约。”

陈界准憨笑道:“这个我没有办法向你保证。”

终于到了第二次就诊,趁着医生做准备工作,孟晚薇战战兢兢地躲去过道来回踱步。

陈界准宽慰道:“只要你好好配合,拔完牙以后有礼物,不止一个。”

孟晚薇握拳道:“那好吧,但是请你记住,我是天生勇敢,不是为了礼物。”

躺在治疗台的那一刻,孟晚薇感觉自己像一只待宰的羔羊,无边的未知与恐惧朝她袭来。尽管打麻药的时候没有哭泣,但在拔牙的过程中终究还是忍不住无声地淌泪,直到医生的操作完全结束。

陈界准前来同医生交流情况,后者道:“手术很成功,虽然孟小姐很紧张,但是也很配合,连哭都很安静。”

“啊?哭了啊?那便没有礼物了!”

孟晚薇听闻陈界准此言,顿时委屈爆棚,呜咽出声。

陈界准赶紧拥抱她:“开玩笑的,开玩笑的,我错了。”

护士笑道:“孟小姐,我们发现医院门口有一大堆的礼物,你快去拆开让大家长长眼!”

拆完礼物,孟晚薇的情绪逐渐平复,她吸着鼻子对陈界准道:“我不喜欢刚才你那个玩笑,本来我的情绪就很不好,你以后不要这样讲。”

“宝宝,你知道吗,那个玩笑其实是我开给自己的,因为当时听到医生说你连哭都很安静,我一下子特别心疼,为了掩盖自己的不理智，并且在人前保持镇定，所以我才故意漫不经心地接过话茬逗你。”

事后，陈界准特地发了一条朋友圈：为庆祝孟总拔牙初体验，下了今年的第一次泳池，体力不支。

孟晚薇一语双关道:“男人不能说自己体力不支。”

陈界准成竹在胸道:“有些运动要死撑着，有些运动允许自己体力不支。”

“何解？”

“徒手攀岩需要死撑着，平板支撑可以体力不支。”

第二十三章
南欧自驾游

“五一”长假，陈界准与孟晚薇甜蜜南欧自驾游。

第一站抵达巴塞罗那，二人逐一打卡高迪的代表作。

陈界准道：“高迪是一位疯子般的天才建筑师，他性格乖张，孤僻内向，不善交际，终生未娶，但正因如此，他才能够专注地沉浸在自己的荒诞世界里，创作出了既新奇又疯狂的艺术杰作名垂青史。”

孟晚薇道：“是不是天才都不晓得该如何与人相处？”

“首先我们要从他的光环中走出来看待这个问题，天才不是一般人，但本质上是一个人，那么，一个人来到世界上，他有他独特的个性，他对生活的要求与其他人不一样，也会很自然地与其他人产生冲突，这种冲突在群居的环境中最容易爆发；但是他对这种生活条件的需求是出于本能的，在他的观念中，这是正确的，是天经地义的，那么必然又与别人认知中的天经地义的需求是冲突的，这些都是一个人与生俱来的天性，没有对错，也很难改变，解决的办法就是坚持独我，存同求异。”

孟晚薇一边听着陈界准的解说，一边在错落有致的建筑中闲步游憩，不禁感慨道:“老高着实将别出心裁演绎得淋漓尽致，难怪当时的富人们都喜欢请他设计住宅，凹点造型啥的，别具一格，极富浪漫主义色彩；反观普通住宅，虽然规整统一，但却平平无奇。有钱任性，真是亘古不变的规律啊! ”

帆船出海，据说哥伦布就是由此出发从而发现了新大陆，而孟晚薇对于地中海的记忆却是，晕船导致抽筋被紧急救援了一次。

面对陈界准悬心吊胆的蹙眉，孟晚薇宽解道:“旅行和生命的意义雷同，你永远不知道下一刻会发生什么。”

在市区休养生息，女人是一种只要逛街就会满血复活的神奇生物。但孟晚薇头一回在奢侈品店里没有购买欲望，竟然莫名生出一种失落感。于是道:“在国内也是买买买，我觉得好空虚，七哥，你有什么需要的吗? ”

陈界准道:“我有需要，我需要你健康、开心。”

终于在当地的一家手工作坊遇到一条心仪的字母项链，孟晚薇指着柜台雀跃:“M不就是我吗! ”

陈界准表示赞同:“合情合理，是个值得纪念的好礼物。”

吃西餐吃到濒临崩溃，孟晚薇的中国胃深刻怀念起康师傅红烧牛肉面，于是拉着陈界准去华人超市扛了一箱。

身体无碍之后，又专程跑去撸串。跟着导航出发，没想到钻进了细窄的巷子里，车子毫不夸张地是快挨着两边的墙走，更别提拐弯了。

陈界准虚张声势，道:“这下好了，进退两难，串串吃不成，恐怕还要在此露宿街头了。”

“当然不能坐以待毙。”孟晚薇索性下车，向附近的大叔问路。大叔热情心善，如同天使降临，干脆上车直接帮忙驾驶到目的地。

串串店的老板是温州人，餐毕，孟晚薇见其在店铺前席地而坐，觉得他随性自然，便笑称他为门神，然后攀谈起来。

老板向孟晚薇掰扯国外的好处，劝她留学定居；孟晚薇则同他细数国内的优势，劝他落叶归根。尽管谁也说服不了谁，但是老板畅谈得十分开怀，最后给二人免了个单。

正在发生的一切，生活是温柔本身。一日，陈界准临时起意道:“要不要开车去山顶，找找有没有风景好的餐厅?”

“好主意。”孟晚薇欣然同意。

陈界准开着车一路驰骋上坡，果然在山顶找到三家餐厅。下车后，孟晚薇开始蹦跳撒野。山中气候凉爽，远处城市如星光斑斓，夜空是深邃的蓝。

孟晚薇做主随机挑了一家餐厅，邻近一桌坐着为女儿庆生的一家三口。

被对方其乐融融的氛围感染，孟晚薇道："我希望在你三十岁的时候我们有一个女儿。"

"这个要求太容易实现了。"陈界准道，"今晚酝酿一下。"

返程，车载音乐被孟晚薇不停更换。

陈界准道："你向来听歌音域跨度大，从摇滚到儿歌到民谣到交响乐到六十年代爸妈最爱听的怀旧金曲，要是实在找不到应景的音乐，你不妨现场为我唱首歌吧。"

"这个要求太容易实现了。"孟晚薇学着陈界准的语气道，她唱了一首许嵩的《有何不可》。

遇到一个红灯，陈界准一只手搭在方向盘上，侧头目不转睛地盯着孟晚薇的声情并茂。孟晚薇对上他的眼神，略微不好意思，于是将视线转向别处。结果又不甘心，暗忖："我为什么要害羞？你看我，我也看你！"最终扭头对望。

夜深了，孟晚薇突然想去海边，陈界准爽快应许。

港口酒馆的音乐正浓，孟晚薇站在沙滩边缘，踟蹰着要不要脱鞋。

陈界准看出她的心思，道："是不是担心脚被弄脏？"

“是。”

“没关系，附近有冲水台。”

“可是冲完水也会弄湿鞋袜。”孟晚薇道，“你想不想脱鞋子？”

“你来决定，你想怎样我都陪你。”

“那不犹豫了，脱鞋。”孟晚薇下定决心。

光脚踩上细腻绵软的沙滩，孟晚薇又开启撒野模式一路狂奔。大海黑漆漆的一片，只有沿岸边缘的水面被酒馆灯光倒影出一小部分亮黄。

海浪无休止地涌动拍击，孟晚薇生怯不敢靠近。

陈界准伸手道：“我牵着你就在浅处沾沾海水。”

“我不要。”孟晚薇背向水面行走。

说时迟那时快，陈界准突然贴身靠近，拉着孟晚薇便朝海里跑，浪花席卷而来，二人完美沾湿裤子和裙摆。

孟晚薇尖叫一声，头也不回地朝岸上跑，陈界准在她的身后哈哈大笑。当然，始作俑者最后被孟晚薇报复性地埋进了沙子里。

第二站抵达悬崖上的龙达小镇，这是一个被海明威称作最适合私奔的地方。

孟晚薇走街窜巷，不停地收罗异域风情的纪念品。她柔声同提着大包小包的陈界准道：“累不累？如果累了，就换一只手提。”

“你再得意忘形，我就卸重前行，让这些纪念品遗落他乡、自生自灭，你信不信？”

“不可以！这些都是我和你虚度光阴的证据！”

面对两款造型相同、颜色不同的Lladró瓷器时，孟晚薇的选择困难症泛滥，她犹豫不决道：“七哥，你帮我挑选一下，哪一个更好？”

陈界准笑道：“小孩子才做选择题，成年人都要。”

经过一座巷口的时候，孟晚薇发现大木门后面有一条狭窄的空间，于是趁着陈界准不注意迅速钻了进去，预备藏起来吓他一跳。

木门对面的石阶上坐着三位女生，她们一边吃着冰淇淋，一边聊天，目睹孟晚薇的突兀举动后，几人霎时间愣住，孟晚薇探出头，笑着同她们做了一个“嘘”的手势，对方立刻心领神会。

其中一位女生压低嗓门道：“如果有人过来我就大笑两声，你听到提示后就跳出来吓他。”

另一位女生道：“不过你要小心，这个门后面可能藏着很多蚊子。”

片刻后，因为忍受不了蚊子的攻击，孟晚薇主动探出脑袋窥探陈界准到底有没有出现，一位女生赶紧示意她躲好，但就在眨眼之间，陈界准猛然一个回头，瞬间锁定了孟晚薇的方位，然后旁若无人地将她拎走了。

世界每天都要更新云朵。有时候天空像偷喝了酒的微醺，有时候黄昏是橘子汽水。

傍晚，二人惬意地围炉夜话，他们坐在小院子的长板凳上，谈论文学、音乐，以及一些生活的平庸片段。

孟晚薇提问道：“如果你很想摘树上的一个苹果，你搬来梯子，费力地爬上树，正准备摘苹果的时候，你摔了下来，摔断了腿，还压死了你最喜欢的小猫，这时苹果却自己掉了下来，那么，你还会不会喜欢这个苹果？”

“当然喜欢，苹果何错之有？但是，我会吸取此次操作过程的教训，并且妥善安葬小猫。对于苹果而言，我也会加倍地珍惜它，因为得之不易。”

孟晚薇满意于答案，遂笑道：“夏天到了，我喜欢你带我喝啤酒。”

第三站，陈界准驱车抵达葡萄牙南岸的贝纳吉尔洞穴海滩。水面假装自己是绸缎，单调地完成波澜。

拗不过孟晚薇快艇出海的执念，陈界准事先预备好了一大堆的药物避免她晕船。

“你不必担忧。”孟晚薇十拿九稳道，“我只会晕随波逐流的慢船，不会晕乘风破浪的快船。”

“如果我发现你言行不一，这辈子我都不会再让你乘船，听懂了没有？”陈界准下最后的通牒。

尽管返回岸上孟晚薇开始头重脚轻，但她闭口不谈。相比意志和灵魂，人类的躯体还是太羸弱，然而活着不是为了和“死”分庭抗礼，总要有睁眼看世界的旨趣。

爬山的时候，孟晚薇结识了一位十七岁的摩洛哥姑娘

Amina，对方会简单的中文，二人磕磕巴巴地相谈甚欢，临别时拥抱再拥抱，并且互相留了联系方式。

Amina拿出两枚幸运币，道:“一人一个，如果有一天我们在摩洛哥重逢，那么幸运币也会重逢。”

陈界准提醒孟晚薇道:“你是否要回赠一件信物？”

孟晚薇思前想后，奈何周身没有合适之物，最后，她从钱包里拿出一张百元人民币，告诉Amina道:“他日有缘，请凭这串人民币编号来深圳与我相认。”

在电车上晃晃悠悠地看街景，中古摊上淘到一枚有意义的戒指，纵横的街区古朴秀美，沿着曲折的小道上坡下坡，每天都感觉在跟城市谈恋爱。

回国前日，孟晚薇经过一家百年冰淇淋老店，脚步瞬间被吸引停驻。

陈界准见店内排队的客人济济一堂，便道:“里面拥挤，我去排队给你买冰淇淋，你在门口等我，不许乱跑。”

专心等候的时候，一位小男孩始终注视着孟晚薇的一举一动，孟晚薇觉察之后，回避了他的目光。此时，来往的人流接踵而至，孟晚薇下意识地感到不安全，于是将身后的背包转向面前，却猛然发现背包的拉链大开，她的心立刻提到了嗓子眼，慌忙梳理个人物品，毫无意外，她的钱包不翼而飞。

孟晚薇潸然泪下，她在意的不是其中丢失的三千欧元现金与各类证件卡片，她在意的是，这个钱包是多年前母亲送给她的生日礼物，里头装有母亲为她求来的平安符，以及没有舍得扔掉的第一次同陈界准看电影的两张票根。

悉心随身已久的珍贵纪念在一瞬间被分崩离析，尽管有好心的本地居民开始宽慰和报警，但孟晚薇依然心神不定。母亲离开后，她身边的包包没有停止过更迭换新，但是唯独这只钱包，始终相伴左右。付出过感情的东西，一旦失去，痛彻心扉是一方面，无可替代是另一方面。

“昨日收拾行李，破天荒地拿出钱包帮它清理缝隙里的灰尘，殊不知竟是命运安排的最后的道别仪式。”孟晚薇忧伤满怀道。

“失去只是收获的另一种形式。人生三个阶段：想要、应该、也是个办法。譬如，想要保留生活的特殊片段，应该拥有广阔的表达方式，如果没有称心如意捃拾万物，过眼云烟也是个办法。”陈界准道，“每一段旅程都像是一桩冒险，天地壮阔，状况不断，才构成回忆的丰满。你无须自怨自艾，我来负责解决钱包的问题，你负责先搞一碗久违的麻辣烫，再来一顿秘制油爆小龙虾，应该很快又会活蹦乱跳起来。”

言之有理，孟晚薇无力反驳。

回国后的第一个周末，陈界准道：“Prada有一款钱包与被盗的钱包相似，但是材质不一样，等会儿带你去买。不过，我建议你挑一款新品，否则每次使用雷同钱包的时候都会触景伤情。”

“我等了好几日也没听你提过钱包的事，我还以为你一点也不在乎我的感受。”孟晚薇道。

“本来想挑一个钱包买好给你，又担心你不喜欢，我在网上搜索研究了好几晚，母亲当年送你的那只LV漆皮短款钱包如今已经绝版，唯一一只漆皮长款正在二手市场售卖，但是它没有印花，尺寸也不搭。”

孟晚薇最终同意以新代旧。逛了好几家店，决定购买Bvlgari的钱包，排除了大红与橙色之后，剩下樱花粉和祖母绿。

孟晚薇将问题抛给陈界准：“实时测验默契度的机会来了，你猜我会挑哪种颜色？”

一旁的店员笑道：“这是一个严肃的问题，恐怕先生比较难回答。”

陈界准观望了片刻，道：“我觉得你会更喜欢祖母绿多一点，因为刚刚你放弃了其他店铺的款式，为了它又折返回来，樱花粉只是后来店员又拿出来的一只，你的初衷还是祖母绿。”

“七哥，你好恐怖，你能洞悉我的所有！”孟晚薇赞叹道。

返家途中，孟晚薇摆弄着新钱包伤感道：“万一哪天我又不小心把钱包弄丢了，你能不能再送我一个，哪怕分手了也送。”

陈界准道：“好，我答应你。”

孟晚薇一巴掌落在他手上:“你还想和我分手? ”

陈界准哭笑不得:“你一天到晚放那么多坑，我总会失误掉进去的啊! ”

过了一会儿，孟晚薇又失落道:“丢的那个钱包里头还有我们第一次看电影的票，要不我们分手吧，再重新拍拖去看一场电影，这样我又有第一次的电影票当纪念了。”

陈界准果断摇头拒绝:“这是一个巨大无比的坑，我不上当。”

第二十四章
生日惊喜

陈界准生日当天，家中阳台的钢化玻璃自爆，孟晚薇抚摸着裂缝道：“我感觉拥有了一整面的钻石。”

“烦请陈总批个假。”孟晚薇假装忘却陈界准的生日，实则是在暗地准备着惊喜，她道，“冉甜与杜亨闹了矛盾，她心情不佳，我们约好一会儿去Spa，然后返回她家促膝长谈，今日你自己解决吃饭问题，明日我便回来了。”

“为什么不早说？”陈界准欲言又止。

孟晚薇窃笑，道：“我又不是钦天监，怎会提前晓得他们闹矛盾？冉甜在电话里哭得伤心，这种时候，我自然是要在她身边的。”

“那好吧，我批准了。”陈界准道，“需要我问问杜亨什么情况吗？“

“不必，我得知缘由后再告诉你。”

与冉甜会合后，孟晚薇连忙道：“我要的小

卡片买到了吗？”

“你呀，居然也会沦落到为了一个男人处心积虑地策划浪漫。”

“他对我那么好，我也想为他做一点力所能及的事情。”

“我觉得，你除了替他传宗接代之外，其余无以为报。”

“这个提议相当不错。”孟晚薇道，“眼下，你可不可以先把我要的东西给我？”

冉甜拿出一袋子的卡片与便利贴道：“礼物盒大小不一，你要的又很急，所以相对应的卡片一时间很难凑齐，但是我把能买的都买回来了，我想着便利贴或许更加实用，稳定性也强，你将心意写在上面，再贴到礼物盒里，一目了然。”

“谢谢，还是你考虑得周全。”孟晚薇道，“原本我只打算为他补齐每一岁的生日礼物，以此弥补我缺席他之前生命中的空白，后来觉得光拆礼物太索然无味了，各放一张卡片写下心声与祝福更有意义。”

“是，陈太太说什么都对。”冉甜道，“我估计今晚陈界准会感动得泪洒现场。”

“那可不好说，指不定我们回到家，发现他正左拥右抱，与一众莺莺燕燕狂欢庆生。”孟晚薇道，“我突然生出一个诡异的念头，等会儿到家之后，我要一个箭步奔向垃圾桶，检查一下有没有出轨之后的遗留残渣。”

“也对，你的猜想倒也符合陈界准的调性。”冉甜玩笑道，“到时候你就拿出正室的威风，眸若冷箭，一声河东狮吼震慑在座，下一秒，你我二人莲步生风，似一道闪电般将各路妖孽赶尽杀绝。”

孟晚薇喜笑吟吟，道：“不同你浑说了，我要开始写贺卡了。”

陈界准的二十九岁生日，孟晚薇预备了二十九份礼物。她逐一写道：

七哥，你光临地球一年了。听阿妈讲，你是一个天使宝宝，因为，你很让大人省心，几乎不会哭闹。抓周的时候，阿爸将代表权力的龙印推置你面前，私心欲要你掌权。但是，你坚决绕过一系列的物件，直接把财神爷抱入怀中。七哥，万万没想到，你对自己的定位如此清晰，以至于当下的我，不晓得是该祝你周岁快乐，还是该祝你财源滚滚。而无论是哪一种祝词，礼物都是不可或缺的，这个安抚奶嘴送给你，盼你常啜常有，衣食无忧。

七哥，今日你两岁了，而我还是一个细胞飘荡在不知名的远方。两岁的你，会充分表达自己的需求与情绪。譬如，你会奶声奶气地询问阿妈：“我可以一边喝酸奶一边吃巧克力一边看动画片吗？”如果阿妈同意，你会开心得手舞足蹈，道：“阿妈是个好阿妈。”如果阿妈不同意，你便会抱着毛绒小熊委屈地念叨:“阿妈小气，阿妈小气。”你这个小朋友，难怪今时今日还会同我抢零食，原来从小就好这口。看在你是我一生所爱的份上，这样吧，送你两大袋咪咪虾条，请尽情磨牙解馋，一饱口福。

七哥，三岁生日快乐。据说，你开始对汽车产生了浓厚兴趣，尤其是红色的消防车。这不，我大手一挥，豪气万丈地为你购置了一辆梦想之车——当然，它不需要加油，只需要安装四节五号电池。

七哥，四岁的你热衷各种奥特曼，并且立志长大以后要消灭怪兽、拯救地球。直到现在，你还能如数家珍地道出每一个奥特曼的名字以及他们的不同形态。虽然我Get不到奥特曼的颜值，但是秉着爱屋及乌的态度方针，我还是为你挑选了一个捷德奥特曼的玩具模型当作礼物，希望你永远都相信光，并且成为一位超级厉害的宇宙英雄。

七哥，一眨眼你五岁了。幼儿园午休的时候，邻床的小女生问你:“我睡觉的样子漂不漂亮?”你回答:“很漂亮。”没想到小女生却道:“你睡觉的样子像一头小猪。”你非常生气，反驳道:“那你睡觉的样子像一个有毒的洋葱。”结果，因为这场简单的睡前对话，你成功地将小女生惹哭了。我送给你五岁的生日礼物是一把尤克里里，希望你潜心钻研一下，到底应该如何讨女孩子的欢心。

七哥，六岁的你开始学习击剑，但是你似乎更喜欢滑雪，因为，每次上击剑课的时候，你都会假装肚子疼。阿妈识破了你的小伎俩，熬了一大锅中药打算为你杀虫祛寒，你闻着苦涩浓郁的草药味，最终奇迹般地好转了。今年我为你准备的礼物是一副滑雪板，希望下个冬季，你会带着它在雪场上英姿飒爽地纵横。

七哥，七岁的你成为了一名光荣的少先队员，你开始注意自己的发型是不是酷帅，也第一次在全国少儿书法大赛上摘夺桂冠。初为少年的你，一定是一位温润如玉的翩翩君子，我真想摒弃旁观者的身份，在同一个时空与你相遇。七岁的礼物，是一套笔墨纸砚，我当然是有私心的，我爱惨了你的字迹，我希望今后你的落笔，只为我一人而抒。

七哥，你八岁了，而我也已经呱呱坠地。我对这个世界十分满意，因为你的存在，所以人间值得。你肯定料想不到，二十年以后，我们的命运会交织在一起吧。重新审视这一段光阴，仿佛我所历经的一切，都只是为与你相逢的铺垫。我们要在最好与最老的年岁彼此陪伴，因此，这次的礼物是我出生时的照片，希望你一望即知。我，是为你而来。

七哥，九岁的你第一次挨了阿爸的打，因为爷爷骑自行车载你去买米，你坐在后座上闲得无聊，便开始抠米袋子，结果回到家，大米也全部漏光了。“浪费可耻。”你始终铭记阿爸教导你的这句话，所以现在每次吃饭，你都不会将饭粒遗留在碗中。七哥，你真是一个淘气又明理的小朋友，在此，我为你送上戒尺一把，他日你若成了一家之主，这把戒尺将会助你一臂之力。

七哥，你与世界交手了十个年头，不晓得你这只小金牛，今年会许下什么生日愿望呢？我为你挑选了一台天文望远镜，希望你在晚风轻抚的夜里，能够与月亮贩卖的快乐相遇，我将始终为你沉沦，因为你的眼里，尽是璀璨繁星。

七哥，十一岁的你加入了科技班，开始自己创造模型。阿妈说，你对每一份热爱都全神贯注。所以，同理可证，你也会对我全神贯注，不是吗？我在培训老师的指导下，笨手笨脚地制作了一艘航母模型，虽然略显粗糙，但是希望它能给你带来一帆风顺的好运。

七哥，人们常说十二岁是一个轮回，是值得大肆庆祝的。这一年，你主动提出，将积攒的压岁钱与生日宴会的礼金全部无偿捐献给山区。我猜，你是从这一年开始，真正掌握了驾驭金钱的方法。相信美好，美好自然会降临于你。为了追随你无私奉献的脚步，我以你的名义捐赠了十二万的教育助学物资，这里有一张爱心回执单，虽然羊毛出在羊身上，但也还是希望向你靠拢，为慈善事业敬献一份微薄的力量。

七哥，十三岁的你有了暗恋的女生，尽管一见到她，你心中的欢喜都快盛不下了，但是表面上，你仍然装作一副高傲的样子。面对这份悸动，你最明显的行为就是每日放学后特意绕路经过她家的门口，目的只是为了能够偷偷多瞟她一眼。你对我坦白这段爱慕的时候，我告诉过你，我不是一个小肚鸡肠的人。呐，十三岁的礼物，是一坛山西老陈醋，请你务必收好。

七哥，十四岁的时候，你与几位同窗好友组建了一支乐队，你在其中担任主唱。彼时，你们承包了学校各大晚会的C位，你们唱皇后、黑豹、披头士、Beyond。真遗憾我不能亲临现场，否则，我应该是你的头号迷妹。七哥，我将你们乐队当年的演出照片装订成册，所有的人都会老去，无一例外，但我希望你的摇滚之心能够永葆年轻。

七哥，十五岁那年你吻了一个女生的脸。你的早恋体悟是："成年是有所顾忌，而青春是不顾一切。"我想，这副拳击手套送给你再合适不过了，等会儿，希望你有所顾忌地替我戴上手套，而我，要不顾一切地对你拳打脚踢。

七哥，十六岁的你加入了篮球校队。此时的你，寥寥一眼，便足以使女生为你动心不已。我当然不会吃醋，毕竟，她们只是过客，而我才是你的最终归宿。你觉得今年我应该送你什么好？签名篮球吗？不不不，我为你准备的是一个铅球，非常有力量，上次你说哪些个女生纠缠你不放来着？我想请她们吃我一球。

七哥，我第一次听华仔的《十七岁》，是你分享给我的。你说："没有人永远十七岁，但永远有人十七岁。"十七岁的你，结束了中学时代，而最轰轰烈烈的告别，是对一个时代的告别。我买了一台战损机器人的蓝牙音箱，里面有我录制的歌，我晓得我的粤语发音亟需矫正，那个，你愿意嘴把嘴地教我吗？

七哥，十八岁的礼物是一盒避孕套。如何才能言简意赅？预祝你们欣欣向荣。

七哥，一字开头的最后一年，你开始创造自我价值与社会价值。你创立了大学基金会，积极展开投资分析演讲，并且帮助与引导更多的人发挥资金的潜力。同年，你作为优秀交换生，前往耶鲁大学进修，因为诸多契机的集合，使你的风投之路越走越远，也越来越好。七哥，“年轻有为”这四个字恐怕你都听腻了，但是不得不承认，你当真是我的骄傲，且让我为你颁发一张奖状吧。

七哥，欢迎抵达二十岁。这一年，我十三岁，以为复旦是全部的梦想，是未曾渗透“博学而笃志，切问而近思”的年纪，却也无知无畏地倾心于之。后来当我抵达与你相同的二十岁，才知道大上海的自恃甚高，以及满大街都是行色匆匆的男人与妆容精致的女人，还有那句校训，其实倒过来念也是不错的。七哥，这次为你准备的礼物是一套正装，我的少年，终究变成了一个能够独当一面的大人。但是，请你记住一点，即便你成为了全世界的大人，在我这里，你也可以永远是那个干净、明亮的少年。

七哥，最近，你被阿爸安排去往各个基层岗位磨练学习，因为二十一岁的你即将大学毕业。我买了一个行李箱给你，它可以装下藏机待时，也可以装下乘时乘势，最重要的是，它装满了我对你夜以继日的牵挂。

七哥，你的第一根白发出现在二十二岁。为此，你不禁自嘲：“二十二岁我开始老，知道自己不是天才，因此做什么都最好趁早。”我买了一堆的黑芝麻，从中医的角度来看，它们可以改善白发。你是不是特别期待疗效呀？

七哥，日子在等待中匍匐前进，你按时长大一次，便意味着距离认识我又近了一年。二十三岁的你，已经积累了丰富的资源与财富，在你春风得意之际，我选了一块汉代瓦当的复刻版赠予你，上面作有四字：长乐未央。

七哥，恭喜你在人间顺利地经历了两个轮回。尽管你也会遭遇泥泞之路，但是你始终坚信，蹚过去，便能见到原野的繁花似锦。从前，你送了我许多花束，今日，该我返还于你。七哥，黑玫瑰的花语是：你是恶魔，且为我所有。

七哥，二十五岁的你暂时还不属于我。你牵着旁人的手，对着旁人温柔。有两件事情我必须先同你说明，一件是我不会再让你有见异思迁的机会，另一件是我会爱你直至生命的尽头。为了时时刻刻彰显我的存在感，我定制了好几百个造型全是字母“M”的袖扣，我还要将它们一一缝制到你的衬衣、西装上头，这可真是一项大工程。

七哥，我认真研读了你二十六岁发表的文章《人承受痛苦的能力是有限的，资本市场如是》，有一说一，你的才气俘虏了我。从前，我只当你是一个放荡浪子、纨绔子弟，如今可真是响当当的打脸。唉，我备了一瓶好酒，只要你一声令下，我随时一口闷干，绝无二话。

七哥，你二十七岁的时候，我迈向了二十岁。那年生日，我在上海。弄堂一隅隐藏着一家卖音乐盒的阁楼老店，我身处其中，如鱼得水，最后挑了一个古董御爵音乐盒送给自己当礼物。这个音乐盒呈一颗心型，它拥有细腻而又略带哀伤的琴音，并且胡桃木的盒面可以看到树的年轮。我爱不释手，现在转送于你。七哥，你是我心的一部分。

七哥，同席吃饭，各自修行。最初，我们在不同的空间徘徊，最终，我们又在同一个空间相遇，这实在是一件浪漫至极的事情。二十八岁，因为你的出现，让我原谅了生活赋予我的诸多苦难。我不止一次地暗自庆幸，你的深情若是大海，那便让我永无止境地沉溺下去。七哥，老人们常说："不要轻易给别人送杯子，因为这代表你要和他一辈子。"你看，我给你买了各式各样的杯子，此刻，我宁愿相信迷信，你懂的。

七哥，终于步入了主题。今日醒来，旭日东升，为梅雨季节难得一窥的晴空。万物蓬勃招展，山的颜色由近及远、迭次分明。悦目，但觉美好方至。

早晨我刻意编造谎话诓你，目的就是为了要干一票大的！七哥，遇到你之后，人生苦短，甜长。你是我的太阳，我又怎会遗忘、缺席你最重要的时刻呢！

所以，我现在正在回家的路上，带着为你精心准备的二十九份惊喜。耳机里播放着Matt Elliott的《The failing songs》，听着听着，许多个故事镜头便缓缓地从脑海深处浮现了出来。譬如，一个阴雨潮湿的天气，我们幼稚地考究生命的意识形态。也会期待，我和你八十岁的时候是不是依然恩爱。

而头顶天空的云朵，无论如何也藏不住光。黄昏降临时，晴树过暮云。世间的美景不胜枚举，最使我着迷的大抵就是晚霞。早前我离群索居，在同一个位置看过若干光景的黄昏，像离了根茎的蓝雪丹。如今我步入烦嚣，半分天真，半分谨慎，倒也没有头破血流。我当然心知肚明，你对我的庇护，是我抵御一切污秽的铠甲。

窗外，疾驰而过的柳枝上头挂着半轮婵娟，古人说“月上柳梢头”，真是传神得很。七哥，二十九岁生日快乐！夜就要沉下去了，你现在在做什么呢?

第二十五章

今生不必期待来生

孟晚薇、冉甜、杜亨三人提着大包小包的礼物抵达公寓之际，恰逢梁若妤一边整理衣衫一边从屋内走出。

四人面面相觑。

“梁若妤，你到别人家中做什么？”冉甜认出对方身份，先声夺人道。

“没……没什么。”梁若妤神色慌张，她意味深长地望了孟晚薇一眼，然后匆匆离开。

孟晚薇生出短暂的狐疑，又猝然想起了白日里与冉甜的唇齿之戏，她迅速扔掉手中之物，冲进房间搜检垃圾桶。

令人触目惊心的是，主卧的垃圾桶里赫然躺着一个使用过的避孕套。

孟晚薇发出嗤之以鼻的笑声，遍寻陈界准无果后，她将眼前之物拍照传送给他，道：“我的惊喜与陈先生的惊喜相比，实在是小巫见大巫。”

追随而至的冉甜见状，心下立时明白了九分，她忿然骂道:“好你个陈界准，老子为你的生日筹备了一整天，你却在家里扮演泰迪犬! ”

“你们先冷静一点，眼见不一定为实，先找到人再说，起码要给界准一个解释的机会。”杜亨瞪了冉甜一眼，示意她不要火上浇油。

陈界准的电话过来，孟晚薇麻木地摁断。

“我是个懦夫，巴不得所有的‘不好’都是虚惊一场，可是为什么，历史总是以惊人的相似重复出现。”孟晚薇失魂落魄地自说自话道。

冉甜不禁悲从中来:“晚薇，你别这样，你起来，我们去沙发上坐着好好说话。”

“太狗血了，这个剧情太狗血了。”孟晚薇站起身，开始无声地落泪，“冉甜，我要回家，我要回我自己的家，再见。”

“再什么见! 我陪你一起回家! ”

“好，那你去帮我收拾一下行李，我有几句话要单独同杜亨讲。”

冉甜照办。

孟晚薇得体地拭干眼泪，一字一句道:“杜亨，请你转告陈先生，岁月消磨，他不爱了，可以，坦荡地陈述，坦荡地离开，而不是自私阴暗地做人，一边虚与委蛇地制造爱的港湾，一边与龌龊之人苟且偷欢。请你转告他，人类是美好的承载体，无论恋爱抑或婚姻，我粗鄙地以为真诚是第一位的。人心都是肉长的，相处的同时，不要把自己当人，把别人不当人。杜亨，请你转告陈先生，今日，我与他恩断义绝，今生不必期待来生。”

“晚薇，眼前之事虚虚实实，捉奸捉双，界准不在家中，你不觉得反常吗？”杜亨宽劝道，“首先，我非常能够理解你现在的心情，但是以我的判断，陈界准再怎么出格，也不至于如此下作；其次，你冷静地想一想，即便他要偷情，他去外面开个房不好吗？何必堂而皇之地在家中寻欢？在实情没有昭然之前，我们不能草木皆兵，你说呢？”

“最危险的地方就是最安全的地方，你们男人的侥幸心理，又岂是我等能够透彻明晰的。”此刻，孟晚薇心若寒灰，她已经无暇再去考量事情背后是否还存在着所谓的真相。

“晚薇，你切勿钻牛角尖。”杜亨道，“你再稍等片刻，我联系当事人，让他立即前来同你解释说明，若是他当真有过，我也绝对不会原谅他！”

趁着杜亨、冉甜二人不备之际，孟晚薇如同行尸走肉般晃荡离开了公寓。

深圳今夜又下起了雨，幽暗之后的城市变得空明，一刹一念的时间，孟晚薇漫无目的地与黑夜并行、对视，并且反复地将陈界准的身影从脑海中驱逐、撤离。

但是，这座都市的每个角落仿佛都充斥着孟晚薇与陈界准的回忆……

参加品牌的高定展。入场上台阶的时候，陈界准担心踩着高跟鞋的孟晚薇会摔倒，于是贴心地牵起她的手。

孟晚薇嬉皮笑脸地逗他："陈总，你牵我了耶，明日恐怕又要上新闻。"

陈界准坦然自若道："是吗？那又怎样。"

孟晚薇故意道："不怎样，就是感觉你的手有点僵硬。"

"不会啊，平常不都这么牵的吗？"

走完台阶后，孟晚薇松开他的手。

"干嘛放开？"陈界准不解。

"说了你的手太僵硬，回头好好练习一下再来牵我。"

"练习一下是吧？好。"

于是，众目昭彰之下，陈界准一把搂住孟晚薇吻了起来……孟晚薇的内心："只要我闭上眼睛，别人就看不清我是谁……惹不起，惹不起。"

在欢乐海岸，太阳蹿出来，光线猛烈，孟晚薇躲在陈界准的身后。

陈界准道："我就是一把遮阳伞。"日光缓缓移动，照耀着他的耳朵，亮闪闪的。

孟晚薇靠在他的肩膀上，道："你转过来一点，我要同你讲一件事情。"

陈界准依言侧身，孟晚薇凑上前就是一个亲吻。前者笑容四溢:“很好，你学到了我的精髓。”

常去的店要关门大吉了，而这家茶餐厅几乎承包了陈界准在数年前全部的日常餐食。他专程带着孟晚薇去罗湖老店吃了两顿。入夜，汽车行驶在滨海大道上，新月如娥眉，冷艳地挂在空中。

孟晚薇道:“七哥，我太钟情于深圳这座城市。”

陈界准道:“浅浅地缅怀，为的是不辜负今后的每一处风月与光明。”

在海边的清吧小坐，孟晚薇看着陈界准优哉游哉抽雪茄的模样，道:“我也想试一下。”陈界准递给她尝试，孟晚薇道:“好香，再抽一口。”

陈界准粲然道:“你是不是偷偷抽过?”

孟晚薇否认道:“绝对没有!”

“那就奇怪了，经常抽雪茄的人才会觉得它香!”

孟晚薇噘嘴道:“我有抽雪茄的天赋不行吗?你是不是怕我上瘾抢你的烟抽!”

生病，忌辛辣，偏偏在这个节骨眼上，孟晚薇吃辣的欲望高涨。陈界准点了一堆清淡的菜，服务生道:“还需要加点什么吗?”

孟晚薇指着麻辣猪耳与香辣黄瓜道:“这个，还有这个。”

陈界准制止道:“不要，不要给她点。”

孟晚薇心存侥幸:“要不退而求其次，只要一份麻辣猪耳吧？”

陈界准一口回绝：“不行，太辣了，你不能吃。”

孟晚薇道：“那要一份香辣黄瓜总可以吧？”

陈界准寸步不让：“辛辣的食物通通不能上桌！”

服务生犹犹豫豫地离开后，孟晚薇贼心不改，偷摸溜到点餐台，亲手从凉菜成品区端出一份香辣黄瓜，回座途中，被闻风赶来的陈界准撞了个正着，四目相对，刹那间电闪雷鸣，眼看陈界准便要发作，孟晚薇赶紧朝着黄瓜里吐了一口口水，耍赖道：“没办法了，不能退了。”

陈界准上班前，孟晚薇看见他的鼻毛出来了一点，一时之间不晓得怎么提醒才不会尴尬，于是舍己为人道：“我的鼻毛有没有长长？”

陈界准道：“没有。”

接着，孟晚薇以迅雷不及掩耳之势，拿手指将他的鼻毛戳进了鼻孔里。

陈界准一脸茫然，孟晚薇云淡风轻道：“刚才你有一根鼻毛跑出来了，我帮你搞定了。”

陈界准的表情生不如死，他回过神来，立刻要去洗漱间处理。孟晚薇拉住他道：“已经好了，还去干嘛？没关系啦，你不用尴尬，我又不是旁人。”

陈界准痛心疾首道：“我真想找一个地缝钻进去！正因为你不是旁人，所以我才要在你面前保持一点好的形象啊！我现在严重怀疑你没有洁癖！”

然而不管陈界准的语气如何抓狂，孟晚薇都不生气，因为，她的眼泪已经快要笑出来了。

同陈母一起在后院拾拣果蔬，孟晚薇头一回见着木瓜树的真容，陈界准为她摘下一个木瓜，孟晚薇欣喜若狂，兴奋地拎着木瓜转圈。

陈界准道:“我来帮你拍照留念。”

孟晚薇举起木瓜摆作托塔天王的姿势，威风凛凛道:“宝塔镇河妖!”

陈母二人的眼睛笑成了两个弯月亮。

在机场送陈界准出差，孟晚薇依依不舍地拥抱他:“早去早回，记得想我。”陈界准道:“宝宝，我也舍不得和你分开，但是，我必须帮你挣钱，因为就算有一天，我不在你的身边，也要让你不用依附任何一个人。宝宝，我希望在我还有能力的时候，你可以去做任何你喜欢做的事情。我们的目标是星辰大海。”

孟晚薇并非要刻意追忆这些画面场景，实在是她搅散不了陈界准的蛛丝马迹。大风大雨夜，孟晚薇淋成了落汤鸡，她沉心似木，在应对悲伤的方式上，从张扬到隐晦，她想，独自消化成长的阵痛大概是每个人的必修课程。

此刻，孟晚薇只有一个单一的念头，那就是钳制蠢动的思维，无论借助什么外力，只要能够麻痹大脑就好，大概这样，陈界准的踪迹便会疏淡一点。

行我所想，刻不容缓。于是，孟晚薇在一处城中村的大排档落座，啤酒、白酒要了一满桌。暴雨中的城中村仍然灯火通明，颠沛的风掀翻了村子的平静，在鳞次栉比的大厦里呆得久了，对美的感悟会钝化。孟晚薇端起酒杯，指着空气道：“敬闹剧，敬无常。”语罢，她愁长殢酒，义无反顾地将自己扔进了醉意当中。

深夜，孟晚薇狼狈地在街头踉跄，她的身后，不紧不慢地跟着一辆私家车，车内，温安的目光正直直地对着她冷眼旁观。

临近小区，温安突然加速在孟晚薇面前停车，后者被汽车的前照灯晃得刺眼，她本能地用手背遮挡，一片白茫茫的反光中，一个熟悉的人影渐行渐近。

“七哥。”孟晚薇神情恍惚。

“我们分手的时候，你有没有这样难过？”温安双手插在口袋，放诞不羁地看着她。

“原来是你。”孟晚薇幡然醒悟，欲绕过他继续前行，奈何步态不稳，被温安一把揽住肩膀。

“为了一个陈界准，何至于此。”温安道，“我送你回去。”

“不用劳烦，我能找到回家的路。”

温安不置一词，强行将她搀进车里。

孟晚薇忘了自己是如何抵达家门口的，她只记得，她靠在当初温安挨了一拳的楼道里向他道谢。

温安道:“我送你进房间，然后我再离开。”

“不合适，七哥晓得了会吃醋。”孟晚薇一脸的纯真无邪。

温安勾了勾嘴角，冷哼一声，他压抑着愠火问道:“房间密码是多少?”

“我不告诉你。”孟晚薇东倒西歪地上前输入一串数字，又“嘿嘿”笑道，“密码是七哥的生日，没想到吧。”

温安粗暴地将孟晚薇推进房间，他咆哮道:“我到底哪一点比不上陈界准!”

“你们没有可比性。”孟晚薇浑浑噩噩地低语道，“对于我而言，这个世界上只有两种人，一种是陈界准，一种是其他人。”

孟晚薇之言彻彻底底地激怒了温安，他的眼睛布满血丝，面色开始凶狠狰狞，他感到胸口有一团火焰不断地在灼烧，一股无法抑制的邪念涌进了他的血液。

刹时间，温安如同一头发狂的狮子，他将孟晚薇压倒在地，猛烈地撕扯着她的衣衫。孟晚薇被乙醇控制得浑身无力，她的反抗越发显得徒劳无功，反而让温安的兽性有增无减。

“你不是贞洁圣女吗?你不是一直秉承没有结婚便坚决不行周公之礼吗?你这个当面一套背后一套的婊子!既然陈界准能睡你，我为什么不可以!”

温安锁住孟晚薇的两只手举过头顶，全然不顾她的哀求与泪水，直截抵住了她的唇。孟晚薇裸露在外的肌肤感受到一阵冰凉与颤栗，温安强硬地掠夺着她的身体，孟晚薇的理智逐渐绝望。

“七哥，救我，救我。”孟晚薇的眼前出现一片大雾，她面若死灰，用仅存的意念呼喊。

正当温安预备长驱直入的关键时刻，大门被猛然撞开，眼前的一幕让陈界准凄入肝脾，他将全部的力气汇集于拳头之上，几声闷响之后，温安瘫软地趴倒在地。

陈界准捡起散乱的衣物盖在孟晚薇的身上，随之而来的冉甜发出一声惨叫，她哭着扑向孟晚薇，后者却惊恐地抱着衣物蜷缩至角落。

冉甜见状，犹如万箭攒心，她化悲痛为力量，拼命地踢打着温安。紧随其后的杜亨也是泫然欲泣，他抓住温安不断地往墙上撞，一直到他头破血流为止，才不甘心地停手并拨通了报警电话。

“宝宝，没事了，我来接你回家。”陈界准努力地迫使自己的声音听起来不那么哽咽，他蹲在地上，试探性地伸出一只手。

冉甜找出一条毛毯，欲为孟晚薇披上。

孟晚薇紧紧地将自己抱作一团，却还是控制不住地瑟瑟发抖，她以极其微弱的声音道：“你们，可不可以，不要碰我。”

第二十六章

守得云开见月明

晚薇，雷暴止息之后，深圳的天空开始变得绚烂。如此这般的景象，我猜你见了又会吟诗作对："连雨不知春去，一晴方觉夏深。"晚薇，耀眼、充裕的阳光让我想起你坐在学校寝室的书桌前，那日的光线仿佛与今日一样，我去找你的时候，你正打开四分之一的窗，你回头对我微笑，有和煦的风窜了进来。

在给你打这些字之前，我把我们的照片翻出来过了一遍。时间是虔诚的始作俑者，而图片比记忆长久。当下停留在眼前的是我第一次带你去酒吧的留影，为了安全起见，你在长裙外裹上了一件大衣外加一条围巾，以为这样便可抵挡一切牛鬼蛇神。换装完毕之后，你说："尽情撩汉子吧，少女，我来扮演你妈。"

此刻的你正躺在病床上，医生注射镇定剂后，你好不容易酣然入睡。

我静静地看着你，伤感铺天盖地而来。不知道你的梦里，会不会出现当初我们去水房打水的场景。那时，我们并肩走着，或是前后相随，北京的天空一旦放蓝，便纯净无比。你笑着说："如果这眼前的一切都只是一部电影，而镜头倏地转到另一幅画面，屏幕的右下角用黑体字标注着：二十年后。那时候的我们又会是什么样子呢？"我记得我说："那会儿我们肯定正领着一大帮小孩周游世界。"你问："那我们的老公呢？"我说："哎呀，他们负责赚钱就行了，你还是先找到男朋友再来同我讨论这个话题吧。"

晚薇，每当我故意调侃的时候，你总会做出要打人的姿势，接着我就会蹦得老远继续大笑。现在回想起来，这样的画面是多么的难能可贵。与你走过的青春，每一步我都很认真。我不冠名于你是我的闺蜜，我们是彼此的女朋友。并且，我深知你的未来会是完美而使人艳羡的，因为，终会有一片晚霞落在你的头顶，如同，终有一个除我之外的人会跨越世上所有的障碍将你牵引。

我们唯一一次闹别扭是在海洋公园，你对游乐设施兴致索然，只中意礼品店的毛绒玩具，于是，我放弃诸多娱乐项目陪你一起挑选那些蠢萌的小东西，即使累了也不承认。回到房间后，你问："为什么你逛着逛着脸上就不笑了？是不是不想陪我？"我说："人不可能一直保持微笑呀，我不笑是因为我有点累，而不是不想陪你。"你觉得我终于说出了心里话，便抓住要害直接反问:“那为什么我好几次问你累不累的时候，你都说不累，其实你就是累了，你还撒谎!”我背过去不再讲话，你也赌气扭向一边。过了一会儿，我问你:“睡了吗?”你气冲冲地道:“睡了!”我被你成功气哭，道:“孟晚薇，你知不知道，看着你抱着玩偶开心的样子，我就算累了，也想陪你一起逛。”而你也委屈地道出心声:“可是，我也很在意你的感受，如果你累了，我希望你能第一时间告诉我，这样，我可以陪你去逛你喜欢的地方。”

原本只是打算简单同你讲几句话，奈何落笔即成回忆。晚薇，遇到你，本身就是一个奇迹。该怎么形容呢，你就像一颗可爱的星星，通亮了我所有的荒芜与黯淡。尽管我们都明白，青葱的岁月，无暇的年少，进入社会之后又将是另外一副模样。可是，自始至终，我对你的情谊历久弥新，无论你再交往多少个好朋友，只要你回头，就会发现我依然站在原地，冲着你哈哈大笑。

所以，晚薇啊，你也要好好地陪伴我不是吗?人生的晦暗不过是笔底点墨，用水冲一冲便立刻雪碗冰瓯。往大了说，我们仍旧要鲜衣怒马、仗剑天涯。往小了说，我们很久没有一起逛花市了，等你醒来，我们沿着黄昏去买一束花好吗?

孟晚薇在午后苏醒过来，守了一夜的陈界准正偎在她的床边小憩。她不想惊动他，于是轻轻拿起手机，刚一打开便看到冉甜早早发送过来的长篇讯息。读罢后，孟晚薇已是泪如泉涌，昨日发生的一切历历在目，苦痛如果有意识形态，她猜它必定是寂静且无尽的。孟晚薇闭上双眼，任凭痛苦将自己蚕食殆尽。

忽然之间，一只温热的手掌覆上她的面颊。是陈界准在为她擦拭眼泪。

然而，由于遭受了身心的双重创伤，导致孟晚薇因着外界的触碰而遏制不住地浑身颤抖：“不要碰我，我很不干净。”她的眼泪像断了线的珠子。

纵使陈界准紧咬牙关，泪水却依然迷蒙了他的视线，他不顾孟晚薇的抗拒，以近乎窒息的拥抱将她搂入怀中。

“你很干净，宝宝，你很干净，污浊的是那个畜生。”陈界准道，“你是我见过最冰清玉洁、最纤尘不染的女人，请你不要再说胡话剜我的心好吗？我的痛绝对、绝对不比你少。”

孟晚薇猛地推开他，撕心裂肺道：“对！我很干净！污浊的是你！那个肮脏的避孕套你为什么不处理掉！你为什么要这样对我！”

“宝宝，我以性命起誓，我没有做过任何背叛你的事情。”陈界准道，“梁若妤的出现是一场阴谋，包括那个避孕套，你先平缓一下，我慢慢地讲给你听，好不好？”

“什么叫做阴谋？”孟晚薇不可置信地望着他。

“昨晚，物业工作人员来家中处理自爆的玻璃，期间我接到了LV专柜销售的电话，对方告知，我的钱包到货了，我一直没有告诉你，我其实私下从法国特别定制了你丢失的那个钱包，我迫不及待地想给你一个惊喜，于是便交代物业管家，我要出门一趟，让他帮忙盯着现场，待工作人员妥善处理完玻璃之后自行离开。根据事后的监控显示，梁若妤在这个时段趁机潜入了进去，物业人等离开以后，她又过了一小会儿才出来，接着便迎面碰上了你们。警方与我都检查过现场，财物没有丢失，我们推断，她就是故意犯坏，专门将事先准备好的避孕套放在家中，借此制造假象。”

孟晚薇听得出神，她抓住细节问道："可是，梁若妤为什么会对你的行踪了如指掌？"

"这才是她的可怖之处，我原本不想告诉你，怕你受到二次惊吓，既然你问了，我只好全盘托出。"陈界准道，"经过监控复查，我们发现梁若妤早前在消防栓的隐蔽位置私自安装了一个针眼摄像头，由此得知，她窥探、监视我们的生活已久，目前，她的行为涉嫌多重违法，警方已经将摄像头带回警局取证，对于梁若妤本人，也在积极地搜捕当中。"

"如此说来，你与她当真没有半点瓜葛？"

"宝宝，没有让你完全对我产生信赖，是我的失职。"

正说着，医生带着两位护士敲门而入。

看着梨花带雨的孟晚薇，医生对陈界准道："怎么不让孟小姐好好休息，还惹她哭了？她现在的身体可不是一个人的，情绪上也不能再产生大的波动。”

陈界准闻言，唇角漾起了温柔的弧度，他道：“是我疏忽，我一定好好照顾她们。”

孟晚薇见陈界准绽放笑意与医生一唱一和，茫然不解地问：“你们在讲什么?我听不太懂。”

医生笑态可掬地递给孟晚薇一张化验单，上面印着一排清晰的大字：宫内双活胎，建议定期产前检查。

陈界准的笑容好似窗外的暖阳一般灿烂夺目，他伸出修长的手指，轻轻刮了刮孟晚薇的鼻梁，然后徐徐道：“谢谢你，我要做父亲了。”

一个月后，梁若妤被正式刑事立案。温安也在拘押了五个月后被法庭判决了强奸未遂。真相大白于众，原来，梁若妤的学历造假，也并非什么高级室内设计师，而是中途辍学、以诈骗为主的夜总会陪酒女郎，可笑的是，当初导致孟晚薇与温安分道扬镳的引火线，女主也同样是梁若妤。

“女人的嫉妒心真可骇，梁若妤同警方坦白，她的作案动机很简单，就是见不得你过得比她好。”多日后，冉甜坐在荷些书坊的竹椅上，同孟晚薇感叹道，“现在想想都后怕，那日我们在外苦寻你不成，慌忙之中陈界准摔了一跤，你家的备用钥匙还刺伤了他，陈界准仿佛感召到了什么，立即决定掉头回你家探寻，实在是不幸中的万幸。”

“红眼病是最大的愚蠢，殊不知，放宽心胸，知足常乐，才是生活的真谛。”孟晚薇抚着隆起的肚子道，“如今也由不得她嫉不嫉妒了，因为这一生，我都会过得比她好。”

“是是是，你有这两位小陈总傍身，不说别的，荣华富贵便是享用不尽的了。”

“我原以为，双胞胎至少会有一个是女儿，没想到天不遂人愿，一下来了两个幺儿。”

“儿子当然好啦，我告诉过你，广东人最喜欢男丁！你别看陈母嘴上盼孙女盼得紧，你这一举两男，他们陈家上下必定是睡在梦里也会笑出了声！”

孟晚薇笑着戳她的脑门:“你这张嘴，真是连长辈也要编排进去。”

“说到长辈，你得空要多去探望孟叔叔，他待你是极好的，当初梁若妤的家姐同你打感情牌，企图获取你的私下谅解，孟叔叔得知事情原委后，便果断地将她逐出了家门。”

“一码归一码，我晓得的。”

“前些日子，陈界准暗地让杜亨专程去了一趟冰岛选址，听说你希望在‘世界的尽头’举办婚礼，如今月份大了，计划是不是要推迟？”

“是，怀孕好辛苦，初期差点没吐掉我半条命来，就连这家书坊也交由了希希妈妈入股管理，哪里还有什么精力筹办婚礼。”孟晚薇道，“不过，我已经同七哥约好，等小孩生出来长大一点，再择日补办仪式，到时候，两个化骨龙当花童，你和杜亨当伴娘、伴郎，我便求仁得仁了。”

“那敢情好，我记得念书时你曾计划过以后的婚礼，你说新娘入场时要邀请几位小朋友唱《麦兜当当伴我心》里面的插曲《如果》。现下有了自己的骨肉，反倒省去了另请他人的麻烦。”冉甜道，“化骨龙的名字拟定了吗？”

“我先给老大择了两字：开涤。出自‘非唯使人情开涤，亦觉日月清朗。’希望吾儿，入凡间一遭，能够仔细触摸万物的轮廓，无论温润抑或尖锐，都有开怀畅饮的气度与涤荡不平的力量。”

“你这名字取的，比香港的算命大师还讲究，可是，怎么只取了一个？”

“另外一个名字由七哥负责，他翻了好几个晚上的字典，立志要取一个能够胜过‘开涤’的绝世好名，最后却告诉我：‘大道易简，就将小儿子唤作‘也渡’吧，寓意渡己达人。’我念着倒也朗朗上口，便暂时同意了。”

“陈开涤，陈也渡，字音、字形承前启后、遥相呼应，看得出来，陈界准是下了一番心思在上头的。”冉甜话锋一转，道，“对了，我有一个不情之请，你能不能提前帮我预想几个杜姓宝宝的名字？”

第二十七章

你是我心的一部分

几年后的温哥华。

孟晚薇心血来潮入门针线活，穿线穿了十分钟，未果，管家从旁笑道：“太太，六根线一起穿是不行的，它是一股线，你要抽出一根来穿。”

孟晚薇道：“要不你帮我穿一下？”

管家欣然接过丝线，一边穿一边道：“以前我在老家绣过迎客松、八骏图、清明上河图，太太，需要我帮你绣这朵小花吗？”

孟晚薇的心里是服气的，但是嘴上却坚持道：“不用了，我想亲手绣。”

结果，一片叶子还没绣完，线就被孟晚薇扯断了，两片花瓣还没绣完，线又全部缠绕打结成了一团。磕磕碰碰之后，孟晚薇终于完成了人生首绣——一朵红玫瑰。

安谧在暮色的光线中流淌，仿佛却除了一

切杂乱。

晚餐前，孟晚薇为了一口不配送的串串，专门遣了司机取送，听闻汽车进入院内的声响，她顶着寒风一路奔迎过去。

“陈太太，是这一家的串串吗？”八米之外的司机先生将食物袋高高举起，同孟晚薇询问道。

“啊哈！是的！”孟晚薇兴奋地加快步伐。

陈界准拿着一块干毛巾尾随其后，叹气道：“头发没干就跑出来！小心感冒！”

返回家中，孟晚薇开始狼吞虎咽。

陈开涤与陈也渡的两个小脑袋靠在一起，目不转睛地盯着她。

“妈咪，这个串串好吃吗？”陈开涤咽了咽口水。

“说了多少回了，不要喊我妈咪，我还这么年轻，请叫我孟姐姐。”孟晚薇一边咀嚼一边道。

“孟姐姐，可以给我吃一口吗？”陈也渡吧唧着小嘴道。

“不行，等下七哥又会凶我给你们投喂垃圾食品。”

“孟姐姐，爹地才不会凶你，你不愿意分享可以直接说，为什么要找借口骗小孩？”

“好啦好啦，先让我吃个痛快，等会儿我吃不下了再给你们，OK？”

陈界准端过来一只烧鹅，呼喊道：“儿子们，别围观妈咪了，快过来吃肉肉。”

兄弟二人纷纷摇头拒绝。

陈界准向孟晚薇求助：“孟姐姐，你发个话吧。”

于是，孟晚薇将分装好的烧鹅放置在兄弟二人面前，道：“快吃吧，吃完了可以长大保护我。”

陈开涤与陈也渡抓起烧鹅争先恐后地啃了起来。

陈界准在一旁醋意大发，道：“你们就只听孟姐姐的话，孟姐姐叫你们吃粑粑你们都敢吃。”

陈开涤反问道：“爹地，难道孟姐姐叫你吃粑粑你会拒绝吗？”

陈也渡放下手中的烧鹅，义正言辞道：“爹地，哥哥，你们不要说粑粑这种恶心的话，我都吃不下去了。”

晚上洗完澡，陈开涤迅速爬上主卧的床，并大声示威道：“爹地，你慢了一步，这个床没有你的位置啦！”

陈界准正欲给陈也渡穿睡衣，陈也渡道：“我不要爹地穿，我要孟姐姐穿。”

孟晚薇听罢，道：“也渡，我在敷面膜，爹地穿也是一样的。”

陈也渡两手托着腮，嘟嘴道：“没意思，爹地穿没意思。”

陈界准将长裤套在陈也渡的头上，道：“这样会不会有意思一点？”

睡前亲子游戏，陈界准提问，小朋友们抢答。

陈界准道:“你们的妈咪是谁?”

“孟姐姐!”兄弟二人异口同声。

“你们的娘亲是谁?”

“孟姐姐!”

“你们的爹地是谁?”

“七哥!”

“你们英俊潇洒、玉树临风、才高八斗、学贯古今的父亲大人是谁?”

“是我,我英俊潇洒!”陈开涤道。

“是我,我才高八斗!”陈也渡道。

“请问,你们自己生了自己吗?”陈界准唏嘘道。

孟晚薇的面膜顿时笑裂。

入夜,一家四口躺在床上,陈开涤抚摸着孟晚薇的脸道:“孟姐姐,你这里长了一个小痘痘。”

孟晚薇道:“大概是被七哥气的吧。”

陈开涤睁大瞳孔,道:“不会吧?爹地敢这么嚣张吗?你是不是吃太多辣椒了?”

“谢谢你为我伸张正义。”陈界准道。

陈开涤翻了个身,道:“孟姐姐,我想要睡觉了,你可以抱抱我吗?”孟晚薇爽快答应并且照办。

“孟姐姐,我觉得你是有魔法的仙女,所以我才这么喜欢你。”陈开涤闭着眼睛钻进她的怀里。

此时,陈也渡也不甘示弱,他趴向孟晚薇的耳边小声道:“孟姐姐，告诉你一个秘密，我只爱一个别人。”

“哦?那个人是谁?”

陈也渡道:“是你呀，孟姐姐。”

“谢谢你们的喜欢，我也爱你们。”孟晚薇道,“但是，爹地是不是被忽略了?我们也一起爱他好不好?”

“好。”稚子同声一辞。

陈开涤又道:“我和弟弟还有爹地妈咪永远相亲相爱。”

孩童各自入梦后，孟晚薇拿出偷藏的玫瑰刺绣成品兴高采烈地对陈界准道:“七哥，纪念日快乐!”

“哎呀，谢谢我的宝宝。”陈界准接过礼物，怡然自乐道,“你不说我都忘了!”

“你竟敢忘掉这样重要的日子!”孟晚薇艴然不悦，眼看就要涕零。

“都是做母亲的人了，还动不动就哭鼻子。”陈界准欲拉她入怀，却被后者拒绝甩开。

“真生气啦?”

“前些日子你自责说最近工作太忙了没有能够好好陪我，还问我是否觉得日子平淡没有了当初刚刚恋爱时的激情与浪漫。”孟晚薇声泪俱下,“我明白细水长流并非要一路激起浪花，也明白某些事物叫嚣越甚，往往消逝得也快。我不需要礼物，也不需要仪式感，我在乎的是，你有没有将我放在心上，可是你却将我们的纪念日抛到了九霄云外！其实你一点都不自责，你就是个大骗子！”

“宝宝，我太失败了，我令你有诸多不满。”陈界准为她拭泪。

“我只是就事论事，你不要同我上纲上线。”

“好，我不上纲上线，我去收拾行李。”

“陈王七，你太过分了！你什么时候学会的离家出走！”

陈界准又好气又好笑，他返回落座道：“宝宝，这么多年，你还不了解我对你的心意吗？我已经将自己毫无保留地献给了你，同时，我保证我会数十年如一日地爱你，疼你，鞠躬尽瘁，死而后已。”

“若是放在平时，我便信了，但是对应当下的场景，免不了夸夸其谈的嫌疑。”

“信与不信，你与我一同收拾好行李便知。”

“幼稚至极，我是不会离家出走的。”

“孟晚薇，你执意穿着睡衣站在布达拉宫前吗？”

此言一出，孟晚薇的眼睛闪过一道欣喜的光芒，下一秒，她冲进了陈界准的怀抱里手舞足蹈。

大学毕业前，孟晚薇打算去一趟西藏，完整而独立的。说走就走的旅途，仿佛很难拥有，又仿佛能够轻易得到。那时候的心境如今已不清晰，计划终究是怎样夭折的也不甚明了。

后来，她确定这件事情是一定要去做的，并且要和爱人一同出发。试想，二人执手在沉淀千年历史的宫殿中双眸互望，款款深情，立下亘古不变的誓言:“世间安得双全法，不负如来不负卿，若有违心者，就被佛祖一巴掌拍死。”

这些个旖旎镜头，微缩了孟晚薇少女时代的矫情幻想，而不断延迟的每年八月出发，使得转经轮、佛塔、香雾和梵唱越发神秘。尽管，她也走了许多个地方，但内里对西藏的执念从来不曾被撼动过。

孟晚薇在与陈界准的谈话中曾经提到:“多数人向往西藏，有的因为拜读了仓央嘉措的诗集，有的因为宗教信仰，有的想暂离婆娑世界苦集灭道，有的纯粹人云亦云。我不属于高尚的那种，我属于年少耳闻众人皆憧憬、崇敬于此，所以我也热爱那片未曾踏足的净土。于是，但凡提到西藏，佛光便刹那了，心灵便涤荡了，就算脸颊上挂了两坨高原红想必也是可爱至极的。”

陈界准道:“西藏是精神的国度，如果你想去验证它的神韵，我会谨记在心，让你夙愿得偿。”

果不其然，陈界准言信行果。飞往拉萨的途中，孟晚薇的情绪如同在吃一顿早餐一样自然安定。尽管，她连拍几张高空俯瞰雪山的念头也没有，但是，无数个陌生的脸庞在脑海里不停地冲击着她，他们像疯子一样呐喊:“大美西藏！大美西藏！”于是，她仿佛目睹了布达拉宫正在接受神的旨意，远处的山谷空幽，湖泊如玉，坝上满是盛开的格桑花，一望无际的湛蓝的天空云朵低压。

从遥思归于现实后，孟晚薇望向正在闭目养神的陈界准，不由地偷笑了一下。

飞机落地拉萨，一切幻念即将被慢慢打开。日光过烈，山像被烧过一般。周遭的专业旅行者全副武装，孟晚薇后悔没有悉心准备行囊，她拉开行李箱，随手取出一件外套往头上一盖，能够遮住紫外线一点，便是赚了一点。

在路上，苍穹无尽蓝，流水汹涌奔腾着黄色，山石被不规则的乱刀砍过。越野车于空旷大地中疾驰，隧道洞口闪过一位手持冲锋枪的站姿威严的武警。车内的藏族歌曲真切如天籁，听不懂含义，却如痴如醉。

抵达城市的中心区域，孟晚薇还没来得及打开心灵预热一下涅槃，便已见低矮楼房成群，五彩经幡与灰暗土地形成鲜明对比。初见西藏，孟晚薇感觉它没有想象中的美，甚至让她错觉被流放到了边疆。直到她坐在酒店的窗前，凝视着对面山上突兀矗立的布达拉宫，才不禁如梦初醒："不胶着毫无意义的欢愉，不胶着毫无意义的哀伤，旅行与任何事情一样，需要一颗能够自娱的心。"

夜晚，在景观露台上，陈界准用心良苦地安排了一场烛光晚宴。他一席正装，牵着孟晚薇，缓步进入火树银花的梦幻之境。迎风待月之际，二人举杯对饮，朝花夕拾，共忆似水流年。

孟晚薇感怀道："七哥，你晓不晓得，拥有你，我便拥有了这世间绝大多数的美好。因为你的偏爱，足以令我终生勇敢。”

陈界准沉默不语，安静又多情地看着她笑，随后，他垂下睫毛，只将眼神专注在手中的手机上。

“喂，我在同你表白，拜托你认真一点。”

“给我半分钟的时间，马上。”

片晌，孟晚薇收到一条讯息：“如果有一个人爱你，那么这个人是我；如果我存在，则至少存在一个爱你的人；如果我不爱你了，那么我也不存在了。除了永恒，没有人会知道我将爱你爱到何种地步。”

陈界准的瞳孔中闪现着柔光，他肆意地笑道：“我今次的表白是不是比你更有深度？”

餐间，孟晚薇去洗漱间的途中经过收银台，于是她顺便提前买单。

身着燕尾服的侍者道：“为什么是女士来买单，不是有先生在吗？”

孟晚薇道：“没关系，谁买单都一样。”

“可是，应该由先生来买单啊。”

“他的钱都在我这里，没事啦，快买单吧。”

“不行，我感觉让你买单可能会出事，我问一下经理，如果他说可以，我就接受你的付款。”语罢，侍者立刻呼麦道，“经理，陈太太要偷偷买单，你帮我问一下陈先生，他同不同意。”

孟晚薇当场愣住。

返回餐位后，陈界准笑吟吟地望着她道：“怎么，听说有人又要点我的穴位？”

孟晚薇白眼一翻，道：“我付款码都打开了，他们居然告黑状！”

“我们第一次吃饭的时候，我已经给过你偷偷买单的机会。”陈界准道，“机会不常有，且买且珍惜。”

“我可以讲脏话吗？”

“不可以。”

“那我无话可说了。”

“不，你可以说，你只想和我在一起。”

后记
当我们拥有来日方长

早晨一阵和风，送走了海面和城市的灰蒙，天蓝的程度由浅至深，远望之际，想起了唐朝李冶的《八至》:“至近至远东西，至深至浅清溪。”所谓距离，大概就是我拿着手机翻阅微博好友的文字投稿，天南海北，遥不可及，但，又不同于梦境，它的强大在于将我们向一个中心聚拢，彼此生活的片段，内心的明明暗暗，都真实地交织在一起。

近期最大的快乐就是收到面条和仙女弄璋之喜的消息，彼时，我正在去往山顶茶场的途中，虽说大雪初霁，但缭绕的烟雾还未散尽，行到一半，遭遇崎岖冰封路面，于是下车，踩着积雪“嘎吱”向前。

山里的时间像山脉一般延展，迎面而来的牛群步履也迟缓。清风拂山岗，面条传讯道:“六斤六两，母子平安，快起名字啦！”

第一本书距今已有八年了，面条和仙女因书结缘，就连拍婚纱照的时候也带着它入镜。最初见证他们爱情的时候全程姨母笑，没想到此际当真成了姨母。

照片上，小娃娃乖巧地躺在襁褓里，安逸地吮吸着手指，他的头发乌黑浓密，并拥有长长的眼线。

“欢迎光临地球。”我将喜悦同随行友人分享，仿佛这结晶也有我一份功劳。

结合生肖与八字后，拟了“屹中”二字。屹为山峰高耸，坚韧不拔，立大事者志；中乃中正平和，载诚载善，寄曲线报国。又有诗云:“远过金山推碧玉，屹如砥柱立中流。”

入夜归城，浏览曾经的微博记录，大部分ID熟稔于心。时间不动声色，原来我们已经“异屏恋”了三年又三年。

值得一提的是，我有一个专门的相册，保存了这些年网络上鼓励我的话，黑暗的时刻无可避免，但珍藏的诸多小确幸，至少让我觉得自己不是单枪匹马。

偶尔，我们会在语言中思考，而更多时候，无声的表达令人获得清誉和安定。因为，来往交谈难免叹惋，不过，倒也不必刻意回避这声怅然，世间惋惜之事常有，遗憾根究不过是门外轻轻刮过的一阵风。

怎料，你爱旷野，你又当场将旷野之上的鹿野蛮杀死。

你认为，灰烬的存在才被称作“深刻”。

这垮台的逻辑。

甚至在炫耀刀刃。

所幸的是，我们都在走向光。尽管人间拥有残酷的一面，但我们仍然可以选择在盲目中清醒，珍惜、宽容、善意待人、直面经历。情深时，彼此互为庸常的良药与心动的定义；缘尽时，“醉卧千山下，风过谢桃花”的洒脱，也终将贯穿整个生命。

最后，谢谢你们一直都在。要有信念，有人会懂你的宁静与孑然，如果没有，我来；要有信念，有人会爱你的冷冽与寂寥，如果没有，我来。当我们疾驶过荒诞，我们将一路色彩斑斓。且看，这一斛珠，是如何将无常捕获。

我说，看见烟火要想起我。可我不会是他的烟火，我甚至不会是他在便利店里选中的提拉米苏。我会是他常路过的那座长桥，会是他随手放置的AirPods，会是他深夜充饥的麻辣笋子牛肉面，会是他不经思索就拿起的云烟，会是他走哪忘哪的两元打火机。有一天，他会离开这座长桥，会不断更换AirPods最新一代，会养成健康的饮食习惯，会抽贵的烟，会换上体面的打火机，到那时候，我会是他抬头可见的星辰，在黑夜里缀满他来时的路。意思是：“嘿！我一直都在。”

—— 璇小胖

才明白两个人在一起毫无意义地虚度时光也可以意义深刻，才明白总会有人接纳你的怪和乖。后来我不再是别人眼中孤僻的独行侠，而是他眼中的怪小孩。

—— 乍￼

梦见一推开山门，头上漫天星宿，脚下夜河正波。我们在人潮的河岸叹瞬息万变的烟火，谈满载的筏和水中盛放的星星点点。从来没有这么好的夜，虽然我们分别已久，虽然我们不曾回头。

—— 唐梅樑

路走过了，王尔德读过了，成都也到过，那条银杏大道也走过，长篇大论也发过，信也写过，遗憾的不该是我，但还是难过。对着已经被删掉的微信对话框发消息，备忘录被我塞满情绪，但我找不到他了。其实我真的活得挺好的，朋友说我这样的人不该停在这，其实我也不想陷入抑郁。我只是，想见一面。

—— 桔子

高三时我在信笺上写下的那个地点，骄傲地说有一天一定会抵达，你微笑望着我，眼里是一望无际长满绿色的春天。如今我和我的行李箱四处飘零，只剩居无定所的孤灯、伞下缠绵的雨，以及酒杯碎冰当啷响声。夜深梦回，原来再骄傲的人，心底也会为抓不紧一个柔软的名字而哭泣。

—— 裴裴

我被遗落了。一个人，带着这些模糊的记忆碎片，继续前行。它们只是身着斑斓的快乐色彩，沉淀在时光里。曾经以为囚鸟终于飞出牢笼，殊不知是飞向没有庇护的蓝天。虚幻的世界里走一圈儿，别贪恋。别像这窗外热风捐杂的杨柳絮，轻轻浮世，毫不矜持。不可结缘其实是情深缘浅。

—— 九清是唐僧

想起来第一次牵手的时候，他以看手相为理由牵到了我的手。后来过了几年我问他：“你真的会看手相吗？”他扒着我的手认真看了看，说：“这条线是喜欢我，这一条是非常喜欢我，这一条是最最最最最最喜欢我。”现在，依然喜欢牵手，喜欢手和手之间传来的温度。

——猫胖

想吻你到日出前，或者夜里我们简单逃亡，把这辈子想说的话，全部说完再散……

——BZH

有很多遗憾的事情，最遗憾的莫过于那次想见你却没有立刻订票出发。很久之后我们再见面，你说：“去过自己的生活吧。”我“嗯”了一声，思索饮料为什么这么苦。我开始躲避有关你的讯息，当我鼓起勇气再次打开你的朋友圈，小姑娘像极了你的脸庞，长长的睫毛，很可爱。来吧，与过去和解。

——豆芽儿

没遇到你之前，认识的每个人都有一部分像你。我说，他们都不是你，所以我才等到了今天。可这么讲，也不准确。过去那些人给过的美丽真实存在过，我因为那些情感活得轻松愉快。但我只把第一段的话告诉了你。总有行人会到来，不是你就都会从我身边离开，既然做不到一视同仁，我只能认栽。

——凡子一只

见他，在起风的夜里，世界，像羽毛一样轻。

——田田

一起玩了四五年王者荣耀了，不管我玩法师、战士还是辅助，都是为了保护你这个输出。大多时候，你都怪我没有保护好你、跟紧你。我努力发育冲啊、挡啊，你仍然说我可以做到更好。但是，我每次都是MVP啊！潜移默化我……我内心坚韧不是你能想象。游戏也好，人生也罢，我能是自己的肉，也能是自己的辅助。

——卡卡

讲台上的你给大家念着朱自清的《冬天》："说起冬天，忽然想到豆腐。是一小洋锅白煮豆腐，热腾腾的，水滚着……"不知道是温度太冷还是有一点点紧张，你的脸红红的。窗外，刮着呼呼的风。想到一个久远的冬季。

——李弯弯

选考，下午在温度适中的空调房里睡到闹钟响起了才去考试。进教室飘散着柠檬的清香，半壶泡成的茶水静静摆放在我桌子上，眼前一亮，一副睡不醒的模样瞬间清醒了过来。我的最爱柠檬茶，他还记得。那种感觉像灵魂的裂缝被午后温暖的阳光浸染，甜甜的柠檬香也缓缓渗了进来。这样好的天气，他也如约而至。

——燕未识

许是爱你的温柔、心平气和、不骄不躁，任我匆忙莽撞，你有条不紊。也或许是爱你的干净、酒窝含笑、眉眼俊朗、未经现实和世俗的沾染。希望未来我们可以越过浑浊，相执相依，互信互容，保持这份清透。

——赵小宇

“我们拼尽全力也始终难以放下的，不是曾经所谓的爱情，而是在当时不顾一切去爱的你自己。”我总这样安慰自己。我也许真的再也不会那样毫无保留、全身心地爱一个人了，就像和你分手以后，我就不再和任何人互道“早安”、“晚安”。我偶尔期待，你不被辜负，拥有我曾经日夜期盼到肝肠寸断的爱情；我也期待，你至死也觅不到良人，只能在空虚和寂寞中反复挣扎；我或许更期待，你历经这种种，最终能发现，我才是你的归宿。对你，我期待我自私，更期望我绝情。

—— 秋荷

不知道未来的你能不能在这里看到这个文字呢？看不到也没关系，到时你在身边就好了。你想着我，我想着你。人影浮残，我想你也在寻找这个世界的Soulmate。人世间的爱情，出现便是万万分精彩。祝这个世界上有我们的浪漫。

—— 鲤鱼游

跟他逛超市一点乐趣都没有。我要买零食，他要买牙膏；我要买水果，他要看蔬菜；我要买酸奶，他要买大米。真真是一点也不浪漫。我说：“哥哥，麻烦你浪漫一点好不好？”他说：“那回去给你炒花菜，够不够浪漫？”

—— 小花老师

我的半个青春都给了他。从初中青涩懵懂的恋爱到高中分分合合的恋爱，再到大学的热恋期、冷淡期，最终后会无期。现如今，分手已经四年零三个月了，会偶尔想起他，还会梦到他。毕竟，我们都是彼此的初恋啊。

—— 大杆子

窗楣上的阳光，初春温柔的风，回忆裹挟着梨花的清香袭来。南国的蔷薇于枝蔓婀娜的端头苏息独酌径自温柔，我们在柳辨莺娇的霓裳里把恋曲写得细水长流。

—— 陈罗琼

我们在一起的时候，约会到中午，会拉着他回车里一人一座躺着睡一觉。无聊的电影拉着他玩石头剪刀布。趁他上厕所去马路对面藏起来吓他。和爱的人在一起就算你做光所有幼稚奇怪的事他也觉得你可爱。

—— 陈姿

浅浅走过的二十二年人生里，至今仍然觉得高中三年是我的高光时刻，被喜欢的人欣赏，做什么事都有底气，还有无限的未来。虽然有一份爱情没走到结局，但若贪心点以百年为计，余下七八十年要是还能有场“七上八下”的相遇值得我感激，万一没有，我也相信我和他的生活都会美美。

—— 秋甜

不知道从什么时候开始，我有些期待他的出现，有好多好多想要跟他分享的事情，或许是我更想要一个听我把吐槽话说完的心上人。

—— 熹檀

本来做好准备在她的婚礼上和好友说:“你知道吗，她是我的白月光。”但不久前，我借着玩笑坦露心声，她和我说：“我愿意！”

—— 洪山吴彦祖

对文字如此偏执的我，如果时光真的能倒流，一定把该说的话说出口。就像如今的你有自己的节奏，也到了做规划和解锁规划的年纪，希望你在一步一步向前迈进的路上自信又无悔。得偿所愿。

——遇见

我没有很认真地思考过，就陪你走完了我们的一生。

——微甜Min

2015年年末，荷些写道："爱大抵就是由心而发的关切，大道理所泯灭不了的不舍，不愠不燥，见你时会笑。"开始关注。今晚的心境，又重归于早年：热爱你时，我从来都不怕的；奔向你时，我也从来都不怕的。当开始决定对生活做减法，这个心念如同呼吸一般自然。我尊重一切自发的念头，接纳一切自然的发生。多情和无情都是一种修行。

——冬月初一

脑补着和他在一起的样子：闲暇时，他打他的游戏，我写我的日记，然后一起下厨；一起去看风景，所有的废话一起分享，所有的情绪一起消解。想和他度过漫长且有趣的人生，一半家长里短，一半山川湖海。

——年菁

即使在虚拟的网络世界，也不敢将你提起，而关于你的那段回忆，却支撑我走了一年又一年……

——小川宝

与室友聊起这一路走来的情感联结，突然发觉，伤害了很多人。许多曾经关系亲密的，后来都在时光里走散了，如今陪伴在身边的实在没有几个。对于此生再无交集的朋友们，愿你们一切都好，也希望我们都能得偿所愿，喜乐安康!

——烛之夏

好像，没有认真爱过的人，也没有认真爱过我的人。我的爱情是美好的，虚幻的，浪漫的，脆弱的，仿佛空中楼阁，在现实面前，总是会倒塌的。所幸，现实里还是有美好爱情的例子，如明月高悬，虽不可及，却不让人绝望。但愿，他不是我权衡利弊后，嫁的一点喜欢的好人，但愿，喜欢的书能送给喜欢的人。

——鹿九九

剑哥，今天去了趟超市。给你买了冰淇淋(放冰箱了)，买了鲜奶(等你回来的，估计我要喝完了)，买了金针菇和火腿肠(准备明早放螺蛳粉里给你加餐)。生活有点累，有人爱着你。正在准备核酸检测采集信息的剑哥辛苦啦!晚安!

——商尘月

如果六月的雪落进你的衣襟，你说睡不着的夜晚都是因为我。坦然揭开我们爱过彼此的谜底，是不是晚舟和我都有渡口。想劝慰自己不该在沉闷里找温存，在炙热中逃窜，像命运的锚，我们比肩对驳。天光乍现落得亲如兄妹，以及一万个热吻。后来我热衷于收藏男儿泪，没人观看我的六月飞雪。

——獭獭吃

分开之后某天正午，想起小时候坐在教室里，外头昏天暗地，惊雷滚滚。恍然你曾和我隔着未曾意识到的近距离听过同一片雷声，顿时觉得非常安慰。是想要闷头痛哭的感动安慰。

—— 抓泥鳅

小谢:“你要不要喝杯奶茶？”小姜:“不要，你知道的，我不喜欢甜甜的东西。”小谢:“哦？是吗？那你为什么这么喜欢我？要知道我可是全糖哎。”小姜:“哈哈哈，不一样的，你是我的全部香甜。”

—— 卿缎

你是我再也不敢对别人提及的秘密，过去七年零六个月就像一场梦一样，有遗憾，不舍，不甘。但都过去了。祝福你和你要相守一生的女孩一切都好，虽然那个人不是我。最后愿你，愿我，愿你们，万事胜意，一切顺利。以后的日子里哪怕生生不见，惟愿岁岁平安。祝好。某某。某年月日。

—— 西周

小皮你好呀，今天是我们认识的第111天，虽然时间很短，但是你已深深印入了我的心里，每天从“早呀辣妹”开始，到“送给你我的辣妹”结束，点点滴滴都是温暖幸福。还有你说的满足，你的存在让我觉得琐碎的日常也可以熠熠生辉，感谢你对一个陌生人释放的最大的善意，“你让我长久沉重的心，感到从未有过的轻盈。”

—— 钢蛋

今天莫名其妙总想和铁男接吻，我晕！我和他很少很少很少接吻，每次还是讨价还价，说好几秒然后几秒这样。刚刚我跟铁男说：“今天再给我五秒。”他说：“三秒，爱情要细水长流，竭泽而渔。”好吧，铁男顺便扫盲了。

——钓鱼翁

2018年12月31号，我和他在重庆跨年。那天晚上愉快地干了一顿火锅，吃完慢悠悠地散步回酒店。我看到了一个背着超大一捆腊梅的老奶奶，我说：“我要买一枝腊梅带回去。”他说：“好。”度过了二十多个跨年的夜晚，身边的人也不尽相同，但我现在一直记得，重庆那一晚，满屋子的梅花香。

——北北

他做任何事都是慢悠悠的，这种慢带给我的不是烦躁，而是沉静与平和。我常常盯着屏幕，看他慢条斯理地洗菜、煮面、吃饭，这样乏味的事，我却怎么也看不腻。或许他生来就带着一种磁场。川哥是个踏实的人，自己踏实，也让别人获得踏实。虽然他看着比常人瘦弱，我却总能从他清瘦的背影中看出安稳。

——蹇柳英

昨晚做了个暖心的梦，梦里的世界让人无法抗拒。你又回来了，我又见着你了。你的眼神悄悄告诉我，你一直都在，守护着我清净的小世界。虽然这只是个梦，但我心已足矣。请记住我现在的样子，我等着你，一直在梦里。

——茶茶奶酪

你让我觉得安心，说话的语速、语气、语调能抚平我的急躁。你说的话总是莫名可信。即使我一遍又一遍想确认你的诚意，你仍然有耐心地一遍又一遍向我证明心意。

—— 一条尾巴鱼

做过最浪漫的梦，是暗恋的你在我对面坐着，一起喝着咖啡，一瞬间我看见你背后是夕阳下粉紫色的雪山，而后我的手被你握住放在怀里，听你笃定地说喜欢我。

—— 何伊然

同桌，这七年里，我和你再见了许多次，有你听到了的，还有一万遍在心里的，都以失败告终。不气馁，我继续努力。早晚，早晚有一天，记忆的匣子被时间上了长久的锁，那时候，你一定会不见。

—— 易秋

我不知道我是否深刻到能在别人心上划过一些痕迹，让他们铭记至此。于这广袤天地我卑微如斯，不曾想也鲜活在某个人的眉间心上。

—— 王文雅

洗完衣服都晾好，地拖一遍，桌子整理干净，换上新被套的被子在阳光里晒了一整天，洗个热水澡钻进被窝，打开对话框，分享一下今天的开心忧愁，互道晚安里酣然入梦。生活的小确幸在朝升夕落里、在风花雪月里、在四季轮转里、在点点滴滴无厘头的琐碎里。

—— 杜际闳

六月，生命里又有有趣的人走进来。他们身上的闪光点，或严谨，或执着，或愿景，总在不经意间让我想起你。虽清楚地知道来来去去是人生常态，但忘记你很难。W，我不要忘记你，我也不再强迫自己忘记你了。喜欢不一定得拥有对不对？爱而不得虽遗憾但可以接受对不对？疫情反复，我只要你健康平安就好了。

—— 小羊

之前我老是问你到底为我做过什么，觉得你始终没有给我很多爱，我太过于在乎那些什么细节仪式感，在乎你给我的每一个反馈。现在我终于懂了，你说感情里到最后破釜沉舟的往往是女人，可是廊桥遗梦里面Francesca最后不也是没有走向Robert吗？感情里破釜沉舟的不是往往是女人，是陷入更深的那一个人。朋友们总是告诉我，我会从非洲回来之后，买上自己的房子，遇到一个好的女孩子结婚。我总是笑笑不说话。真是太荒谬了！我连回复的那一点力气都直接省掉，你知道对于他们而言，我又能说什么呢。我只在心里告诉自己：这样子确切的爱，一生只有一次。

—— Manuel

仔仔，谢谢你陪伴了我十年。要记得我。我在想，你闭眼的那刻，有没有舍不得我，当我把你抱在怀里，亲吻着你的眼睛你的脸时，才知道我的人生开始有了遗憾，从此再也没有你，我的快乐也就消失了。这一世相遇真的很幸运，你来过就好。

—— 四月琉璃草

第二次打开备忘录，不知该说些什么。在回忆的长河里，曾经漂浮着的，想说服自己挣扎着沉下去的，都因着时间的流动而变得越来越不重要了。依旧想说谢谢，只有怀抱着祝福日后才能笑谈过往，经历了那些伤害够深的感情，但也有真真切切地感受到的快乐。请继续相信爱，也请爱自己多一点。

—— 田子

最近喜欢看婚纱，也在慢慢蓄长发。

—— 任聪

拖着疲惫的身体刚刚下班到家。“臭宝，我脑袋有点疼……”“哎呀，你怎么天天哪哪都疼。”我瞬间瞪眼准备发作，他接着说道:“不像我，一天就疼你。”

—— 七海凉歌

十年前的前后桌，在玩闹中渐渐萌生了情愫，也因不成熟的情感而渐渐丢失了对方。不久前，他来与我诉说:“我还喜欢你，但不想重蹈以往的覆辙。”所以我知悉，人总要在告别中成长，而我也在等待不畏艰险仍坚定着与我双向奔赴的那个人。

—— 松鼠

排球决赛，下午说要回家，到了晚上突然有事不回来了，躺下准备睡觉习惯性看一眼几点了，发现有未接来电和消息：“待会儿回来，不放心你一个人。”

—— 一月玥

第七年。我的世界似乎没变，依旧频繁悲观。躲在角落等待灰尘布满身，再扬灰，尽力寻一个平衡的状态前行。程先生，你看，被当成你遗物的我，有在尽力了。会尽力珍重所有今天，会比昨天进步，所以你不能苛责。若被时光困住的只我一人，就祈愿如今的你无论几岁，都平安顺遂。

—— 张不一

2012年很流行写QQ空间，那年四月，我写下：如今最好，别说怀念过去，也别再说来日方长。如今往回望去，发觉唯有时间改变起人来，不动声色且不遗余力。所幸，认识了一个聪慧可爱的半职业电竞玩家但其实是个爱拖稿的作家孟晚薇，亦借由她认识了一群非常好的朋友，天南地北地聊天、见面，也让孤陋寡闻的我得到了许多特别的体验。在这特殊的日子里，能够看到这两年最想看的书出现在身边，如同身边的困惑与烦恼有了真知与灼见。平平安安，顺顺利利，我们还有旅途要继续。

—— 林志涛

喜欢一个人的时候，一半身处蜜罐，一半身处醋坛。无论你何时向我走来，都像第一次见面，第一次拉手，第一次亲吻，都是新鲜感，任何时候都怦然心动。

—— 段过过

愿陈屹中：岁岁常欢愉，年年皆胜意，岁岁年年，万喜万般宜。

—— 仙女面条

今天说起来我们竟然九年了，愣了一下我俩都笑了。生活在琐碎的日子里带着我们“嗖”地一下长大了，感慨热恋，平淡，争执，无话可说，迷茫，挣脱又复而平淡。十八岁夜晚的九点半，你说：“今天吃烧烤要喝两瓶青岛。”今晚的九点半，我们商量等下的烧烤少吃一点会不会不容易长肉。咧着嘴拉着手出门了，真好呀。

—— 付鱼

照理说我才是年长的那个人，但在他的爱里我竟然还是个小孩。我说：“想去看日出。”他小心翼翼问：“你可以带我去吗？”我任性跟他赌气，一回头发现他默默剥好了柚子，用乐高在桌上摆了个“吃”；我去拍证件照的时候他问我：“今天扎小啾啾了吗？今天可爱吗？”那天是他爸妈结婚二十五周年纪念日，他说：“我们也在一起吧。”

—— 幺零二七

自故地一别，大约十月之久未见，不知你是否怀念故乡的明月、故乡的春天。记忆中，你我与月亮的联系是高中毕业后的中秋，那时我们各在一端，我便叫你记得看月亮，至于看月亮的原因，月亮都是隐喻。只可惜那时你不懂我的意思罢。南方的傍晚总是雾气氤氲，月亮消失在雾气中，我的爱也随之迷失在夜色里了。

—— 小鱼

今晚走在路上，街灯渐次亮起，耳机里是不明歌词的情歌，我脑海中忽然出现了你。

—— 夏成蹊

在中学时代，那个早恋还不像现在这样普及且自然的年代，一小姑娘军训的时候听到一个小伙子唱《在他乡》，被他的泰然大方自信迷住，从此见到他就像心里揣了个小兔子，紧张又紧张。为了制造偶遇，每天看着点出门，但是遇到了也假装冷静且骄傲，是个心口不一的笨蛋。有一天，姑娘穿着小学时白底大红花的棉袄，走在校园里，男生迎面走来粲然一笑，女生撞倒了一排自行车，像多米诺骨牌，多年后依旧忘不了那笑容，但明白那可能是看猴子表演的发自内心的笑。

—— 禾尖

最近时常想起过去遭受过的挫折，留下的遗憾，生命的确因为某种契机发生了意料之外的改变。和后来遇见的他一起在亲密关系中成长，包括个体的孤独感，内心的迷茫，对物质世界的冲突与交战，软弱与执着。慢慢地我理解了很久以前想象的对未来生活期盼的治愈感，大概是干净整洁的家，欣欣向荣的植物，厨房亮起来的灯，热气腾腾的饭菜，还有我靠在沙发前画画，蹲在阳台修剪枝叶的样子。能让自己的情绪彻底放松，内心获得归属感的地方，那就是家。

—— 南国的小燕子

和很多朋友谈起过，云朵、月亮、夕阳等自然事物都不同程度地治愈着我，但我偏爱风。其它的都可以在视像世界被分享，只有风是需要共处，才会有同频感受。在独自吹风的时刻，那些温柔带我与过去的我相遇，让遗憾不再有空隙接续，这大概也是风或者我们埋下的伏笔。

—— 诗芊

我寻觅好多年，却不曾找到你。后来，我在神圣的五台山上对着菩萨许愿:“我不愿再去寻找了，我等着他驾着七色的云彩来接我。”终于，我遇见了北方的你，你喜极而泣道:“妞妞，我找你找了好久，都快把大江南北都找遍了，想不到你藏在了最南方。”真爱可能会迟到，但我们终究会相遇，无论相隔多远。

—— 南荼

在我的眼里，我们短暂地在一起了。那天的滴滴出租车上，你下车后，司机说:“你男朋友好像还在跟你打招呼，好像很不舍的样子。”我说:“嗯。”后来的我们再也没有了联系……

—— 彬玉同学

爱情的最好状态就是，夜晚的雷声响起，我还没有反应他就已经把怀抱打开拥我入怀了，或许是他害怕了。

—— 白橙子

第一次觉得等待回复是漫长的，像是过了一个世纪，乱了思绪，慌了心，原来在乎喜欢一个人是这样的感觉，日复一日，心动不止，我喜欢的样子他都有，真诚谦和善良，成稳努力自律，纯粹温柔坚定，声音也好好听啊，就是了，我一直等待的Soulmate。昨天他将所有美好的事物都分享于我，心也不停地靠近我，而我因多年来对爱情的谨慎习惯性退后了一步，没有明确表态，心里却又是真的真的真的好喜欢他，好害怕错过啊，也许，这一错过便是一生了。

—— 周艳秋

高一暗恋后桌，后来误以为他喜欢别人，就把他给删了。到了大一他来加我，我们都在广州，他约我见面，刚好过几天我要去他那个区办事，刚好那一天是五月二十号。之后一直聊天，但是我误以为他只想跟我做朋友，于是又把他删了……终于，他道出事实：高一就喜欢我了，并且专门挑了我数字外号结尾的手机号。没几个月我们就在一起啦。

——七姐

为我遮住刺目阳光的双手，似乎永远对我微笑的脸，在各个KFC奔走为我收集最爱的皮卡丘，用心写的明信片……温柔幽默理性的你，邀你听《无法拥有的人要好好道别》。如今你应该也很幸福吧？我身边也有了一个愿意写书信很温柔认真生活的人呢。加油呀！被爱是转瞬即逝，爱是永存不灭。遇见你们，何其荣幸。

——皮卡球球

我们说好一起去哪哪哪还没去，准备好的礼物也还没送出去，有遗憾才更铭心刻骨吧，那些都成了青春里的美好回忆。

——柠檬

我们已经结婚了，还有了一个小名叫“高兴”的儿子。三十多岁了，我还是不会做菜，因为他不会让我进厨房，他说他喜欢做菜，做给我吃。我跟儿子经常会强行拉他玩角色扮演，我和儿子是“医生”，他是“伤员”，他笑着配合着我们的“救治”。生活总是充满各种不确定性，但是我唯一可以确定的是，我爱他，他爱我这件事。

——平云云

我洗完澡啦，你肯定也吃完饭啦，今天是第一次跟你讲电话，觉得认识你真是太高兴的事，想起菲茨杰拉德的《夜色温柔》，夜风沉醉的晚上，我大可趁着醉意跟你说:“谢谢你跟我说很久的话，我会认真地想念你。”

—— 枕三月

去年某天值班，耳机里经过一首歌的瞬间，我在心里跟自己玩游戏：只要他在歌曲结束前出现，那他就是我的命中注定。记得那天阳光灿烂，就在那一刻照在了少年身上。杲杲冬日光，明暖真可爱。更可爱的是，2021年我们结婚啦!

—— 蒙牛

删繁就简，随心而动，不必在乎世俗的眼光，遵循自己的规则。我知道你会来的，所以我不害怕闲言碎语。

—— 房体正

我们都无奈又心甘情愿地待在这个地球两极游戏的悖论里：身处黑暗是为了看见光，遭遇苦痛是为了懂得爱。可能，我们需要把自己弹到爱之外的地方，才能重新发现，并再次找回它。

—— 幸妍

今天我给他发我大学时期的非主流照片，他说:“我这个阶段都没有自拍，他拍也没有。”他说:“我的照片都是认识你之后拍的，好像我的生活也是认识你之后才开始的。”哎呀，又是被他肉麻到的一天。

—— 小贝儿

暖洋洋的午后，付先生在小院里刷鞋，我在旁边洗衣服，兜兜在车里玩。记忆里又加一笔熠熠生辉的午后，慢节奏的生活太适合我们了，晚上一起去屋顶看星星，还晒着一家人的鞋子，大大小小。

—— 马兴露

又是个乱吃东西被痛醒的夜晚，我悄悄起床去厕所腹泻。呕吐的声音把小王吵醒了，他赶紧跑来看我。我一脸疲惫：“有我这样子的女朋友是不是很累？肠炎太严重了经常肚子疼。”他一脸认真：“我觉得不累啊，做男朋友怕什么累，你只是容易吃坏肚子，下次我们记得不吃嘛。”我一下子被温柔击中，猛得抬头，正对上他的笑。

—— 枝小颖

我亲爱的心上人，虽然此刻我不知你姓甚名谁，身在何方，但请你一定好好学习，天天健身，迎接我这个无敌可爱的女朋友，我也在努力走向你哦。

—— 小派

分手三年后，我去天津出差，那晚你带我去吃韩式料理，包房的侍应生被你支走，你要自己烤肉吃。一点儿没变，什么事都要自己动手。酒过三巡，我们聊起从前，那些过往的碎片记忆被重新拾起。你带我去爬长城、去吃正宗的北京烤鸭和天津包子、起特别早去天安门看升旗。我们还约定一起去内蒙草原骑马、去长白山看天池、去乡下租个房子生活……还记得你说如果哪天我们分开了，我结婚那天穿的西服，你要给我买……

—— 叶少宇

此时此刻不知你身何处来何时。或许永远不会见到，或许相遇就在明天。我能做的只是修好内心的梁椽砖柱，安之日月星辰、山川河流、人间万象。里面大概也会有昼夜轮转、四季更迭、风霜雨雪、阴晴变换，总之，要足够精彩。外不必华丽惊艳，但要恬静清爽。不想刻意求之，但盼我山一程水一程，终与你萍水相逢，邀你进入我的世界，或者，重构我们的世界。

——迢遥

泰戈尔说："人们从诗人的字句里，选取自己心爱的意义，但诗句的最终意义是指向你。"少年时期的懵懂大概就是所有不经意的回头和所有按捺不住的凝望。冬日里的温柔大抵就是午后的阳光倾洒，侧头，你在笑。爱意带来的滤镜说长不长，说短不短，恰好伴我度过年少时光。终于，再见。

——素履以往